Für unsere
Define, habe viel
Freude beim lesen.
Deine Lilo.

Meinen Kindern gewidmet

Ingeborg Obereder

Therese

eine Freundin für immer

mit Zeichnungen von
Rita Schwilgin

6. unveränderte Auflage 2009
5. Auflage 2006, vollständig neu illustriert von Rita Schwilgin
4. Auflage im Vier-Türme-Verlag, Münsterschwarzach
bis 3. Auflage im Veritas-Verlag, Linz, Wien

ISBN 3-932426-35-5

Nibelungenring 1, D-86356 Neusäß
Tel. 0821-343225-11, Fax -31

http://sjm-verlag.de

Umschlag: Rita Schwilgin
Printed in Germany
Druck: Schroff, Augsburg

Inhalt

Vorwort des Herausgebers

Das Kinderbuch „Therese - Eine Freundin für immer" über die kleine heilige Therese von Lisieux ist in vier Sprachen übersetzt worden und gehört damit zu den Bestsellern für Kinder im katholische Raum. Die über 20.000 verkauften Exemplare zeigen die gute Aufnahme, welche das Buch bei Kindern gefunden hat.

Die Rahmenerzählung des Buches bildet die Familie Strauß mit ihren zwei Kindern, Martin und Anita, die von einem tragischen Unfall des Jungen getroffen wird. In ihrer Not rufen sie die Fürsprache der heiligen Therese an und Martin wird wieder gesund. Aus Dankbarkeit unternehmen die Eltern mit Martin und seiner Schwester Anita eine Wallfahrt nach Lisieux. Auf der spannend geschilderten Reise erschließen die Eltern den beiden Kindern das Leben und die Größe der kleinen heiligen Therese. Es wächst eine tiefe, persönliche Beziehung zur Heiligen und ein Verständnis für den „kleinen Weg", den Therese uns lehrt.

Die kleinen Leser werden aber auch behutsam eingeführt in die rechte Weise kirchlicher Heiligenverehrung. Es ist der Verfasserin geglückt, die begeisternde Gestalt dieser Heiligen in einem spannenden Buch kindgerecht darzustellen. Wenn man selbst als Erwachsener dieses Buch mit geistigem Gewinn liest, dann mag dies die beste Empfehlung für dieses Kinderbuch sein.

Entsprechend sind dann auch die Rezessionen: Ein Kommunionkind sagt: „Das Buch war so toll, dass ich es in einem Tag ausgelesen habe." – Eine Religionslehrerin: „Ihr Buch ist wunderschön und beeindruckend. So kann ich durch Ihr Büchlein bei meinen Schülern und auch bei den Kranken großes Vertrauen und Liebe zur heiligen Therese wecken." – Ein anderer beurteilt: „Ein nicht alltägliches Kinderbuch! Zum Selberlesen und Vorlesen für Kinder ab 7 Jahren gleichermaßen geeignet." – Eine Rentnerin: „Ihr Kinderbuch ist ganz reizend. Man kann es ja immer wieder lesen. Für Kinder ganz hervorragend."– Ein Informationsdienst: „Ein gutes Kinderbuch, das auch durch seine vielen Zeichnungen Kinder erfreut und sie es mit geistlichem Gewinn lesen werden."

Die kleine heilige Therese von Lisieux wurde von der Kirche 1997 zur Kirchenlehrerin erhoben. Heute, da für viele Menschen Gott in der Seele verschüttet ist, mag uns dieses Kinderbuch vermitteln, den Herrn wieder zu finden. Denn es ist ja Jesus selbst, der sagt: „Lasset die Kleinen zu mir kommen und wehret es ihnen nicht, denn ihnen gehört das Himmelreich." – Darum wünschen wir, dass das Buch eine gute Aufnahme bei den Lesern finden möge!

Pater Otto Maier SJM

Erstes Kapitel

Die morsche Sprosse

„Martin, warte doch auf mich!“ ruft Anita ihrem Bruder nach. Doch Martin denkt nicht daran. Er freut sich vielmehr über den Vorsprung, den er gewonnen hat und lässt sich nicht aufhalten. Fröhlich stürmt er den Forstweg entlang. Die Eltern sind längst nicht mehr zu sehen. Das ist der beste Augenblick, um seiner Schwester einen Streich zu spielen. Bald hat er auch sie abgeschüttelt.

Zu seiner Freude entdeckt Martin am Rand des Weges einen großen Holzstoß. Hui, bietet der ein herrliches Versteck! Von Tom, dem Spaniel, hält er nur noch die Leine in der Hand. Der Hund selbst hat sich aus dem Staub gemacht. Martin wirft die Hundeleine auf den Waldweg und legt sich hinter dem Stapel auf die Lauer.

„Auf diese List fällt Anita sicher herein,“ kichert Martin. Er täuscht sich nicht. Durch einen Spalt hält er nach seiner Schwester Ausschau. Da kommt sie!

„Allerhand! So also passt Martin auf die Hundeleine auf“, denkt Anita empört und bückt sich, um sie aufzuheben. In diesem Augenblick stürzt Martin mit furchtbarem Geschrei aus seinem Versteck hervor. Vor Schreck lässt Anita die Leine fallen. „Das werde ich dir schon heimzahlen, Martin! Warte nur!“ droht Anita. Doch Martin freut sich über seinen gelungenen Streich und ist bald wieder im Wald verschwunden.

Es dauert nicht lange, bis er einen Hochstand entdeckt. „Das ist herrlich!“ überlegt er. „Von da oben habe ich eine gute Aussicht. Anita wird sich wundern, wenn es auf einmal so viele Tannenzapfen regnet.“
So schnell er kann, klettert Martin die Leiter hinauf, denn Anita darf ihn auf keinen Fall entdecken. Es wäre zu schade, wenn diese Überrumpelung nicht glückte!
Martin hat nur noch zwei Sprossen zu erklimmen. Schon fühlt er sich als Sieger.

Aber plötzlich kracht eine morsche Sprosse. Martin gelingt es nicht mehr, sich festzuhalten, und schreiend purzelt er von der hohen Leiter herunter. Dumpf schlägt er auf dem Boden auf. Anita hört den Schrei und erschrickt. Ihrem Bruder wird doch nichts passiert sein!?
„Martin, Martin!“ ruft sie aufgeregt. Er aber antwortet nicht. Sie muss der Sache nachgehen. Rasch läuft sie in die Richtung, aus der sie den Schrei hörte. – Sie sieht den Hochstand, die zerbrochene Leiter und ...
Nein, solche Angst hat sie noch nie in ihrem Leben gehabt! Hier liegt ihr Bruder, bleich und bewegungslos. Sie kniet sich neben ihn und verzweifelt stammelt sie immer wieder: „Martin, Martin, rühr' dich doch!“ Aber Martin gibt kein Lebenszeichen von sich.

„Lieber Gott, Lass Martin nicht sterben!“ betet sie innig. „Hoffentlich kommen bald die Eltern nach!“ Aus vollem Hals ruft sie: „Papa, Mama! Schnell! Der Martin ...! Kommt schnell!“

Mit lautem Gebell stürmt Tom herbei und beschnuppert den regungslosen Martin. Anita kann vor lauter Schluchzen nicht mehr schreien. Zum Glück haben die Eltern ihren Ruf gehört und laufen zum Hochstand. Als sie Martin erblicken, stockt ihnen der Atem. Um Gottes willen! Rasch bückt sich die Mutter hinunter zu dem regungslos Daliegenden und fühlt dessen Puls. „Gott sei Dank", sagt sie, „Martin lebt!"

Der Vater eilt zum nahe gelegenen Forsthaus und verständigt die Unfallzentrale. Voll Sorge kehrt er zur Unglücksstelle zurück. Seine Hoffnung, dass Martin inzwischen aus der Bewusstlosigkeit erwacht ist, wird bald zerstört. Martin liegt noch immer wie leblos da. Mit Bangen wartet die Familie gemeinsam auf den Krankenwagen. Wie langsam da die Zeit vergeht!

Endlich hören sie das ersehnte Motorengeräusch. Kurz darauf trifft der Krankenwagen am Unfallort ein, die Sanitäter springen aus dem Auto und untersuchen Martin. Sie können nur die Bewusstlosigkeit, aber keine Verletzung feststellen. Dann legen sie Martin auf die Bahre und heben ihn vorsichtig in den Krankenwagen. Ein Sanitäter und die Mutter setzen sich neben Martin. Die Türe wird geschlossen, und der Rettungswagen braust davon.

Anita geht an der Hand ihres Vaters den Wanderweg zurück. Still weint sie vor sich hin und flüstert immer wieder: „Der arme Martin, der arme Martin! Lieber Gott, hilf unserem armen Martin!"

Zweites Kapitel

Onkel Heinz macht Mut

Das ist ein trauriger Abend mit Ungewissheit, Bangen und Warten. Ruhelos geht der Vater im Wohnzimmer auf und ab. Ernst und schweigsam sitzt die Mutter in ihrem Lehnstuhl. Anita steht bedrückt im Nachthemd vor dem Fenster und klagt: „Ich kann nicht schlafen. Martin geht mir nicht aus dem Sinn.“ Plötzlich läutet es. Anita läuft zur Türe und öffnet. „Onkel Heinz!“ ruft sie, und weinend hängt sie sich an seinen Hals. „Ja, was ist denn mit dir los, Anita?“ wundert sich der Onkel. „Mit mir ist gar nichts los“, heult Anita, „aber mit Martin.“

Onkel Heinz begrüßt Bruder und Schwägerin und nimmt im Wohnzimmer Platz. Tom, der von dem lieben Gast immer wieder verwöhnt wird, legt sich vor seine Füße. Heute aber wird er nicht beachtet.

„Was ist denn mit Martin geschehen?“ fragt Onkel Heinz besorgt.

Nun wird ihm ausführlich über Martins Unfall erzählt. „Das ist ja schrecklich“, sagt Onkel Heinz betrübt. Er kann Martin gut leiden und würde gern helfen. Aber selbst Onkel Heinz ist ratlos und kann seine Verwandten nicht trösten. Stille, beklemmende Stille breitet sich aus.

Plötzlich durchbricht Onkel Heinz das Schweigen und beginnt lebhaft zu sprechen:

„Soeben ist mir ein seltsames Erlebnis aus der Kindheit meines Jugendfreundes Franz eingefallen. Als kleiner Bub war er hoffnungslos krank. Bei einem besonders schweren Anfall rief seine Mutter den Arzt. Dieser aber sagte: ‚Ich kann diesmal nicht mehr helfen. Der Puls ist nicht mehr zu fühlen.'

Die Mutter war verzweifelt. Sollte ihr lieber Bub sterben? In ihrer äußersten Not dachte sie plötzlich an eine bekannte Heilige, die schon oft in aussichtslosen Fällen geholfen hatte. Es war die kleine heilige Therese von Lisieux. Vielleicht würde sie auch ihrem Kind helfen? So versprach sie ihr: ‚Für immer soll dein Bild einen Ehrenplatz in unserem Hause einnehmen, wenn du mein Kind heilst!'

Einige Minuten später schlug das Kind die Augen auf. Therese hatte die Bitte jener Mutter prompt erhört. Der Bub war wieder kerngesund, und der Arzt war mehr als verwundert.

Die Mutter hielt ihr Versprechen. Ein geschmackvolles Bild der heiligen Therese bekam den schönsten Platz im Haus ... Was meint ihr, könnte diese Heilige nicht auch unserem Martin helfen?"

Drittes Kapitel

Therese hilft

„Therese kann sicher auch unserem armen Martin helfen", sagt Anita voll Hoffnung. „Wir müssen sie aber um ihre Hilfe bitten."

„Das ist eine gute Idee", bekräftigt die Mutter. „Wenn Therese unsere Bitte erhört, wollen auch wir ein Zeichen der Dankbarkeit setzen."

„Ja", schlägt Anita vor, „wir hängen eben auch ein Bild von ihr in unsere Wohnung."

„Damit bin ich einverstanden", stimmt die Mutter zu. „Darüber hinaus aber würde ich noch gern zu ihrem Grab fahren, um ihr dort zu danken."

„Weißt du auch, wo das Grab der heiligen Therese liegt?" gibt Onkel Heinz zu bedenken. „Es ist in Lisieux, einer Stadt in Nordwestfrankreich, nahe beim Atlantik." „Das macht nichts", meldet sich der Vater zu Wort. „Wenn Therese hilft, dann fahren wir nach Lisieux. Das ist beschlossene Sache. Nun aber wollen wir gemeinsam um ihre Hilfe beten."

Am nächsten Tag dauert die Schule für Anita eine Ewigkeit. Endlich wird sie durch die Glocke erlöst. Sie stürzt nach Hause und läutet Sturm. Die Türe wird geöffnet. Ein heiteres und glückliches Gesicht lacht ihr entgegen. Da weiß sie: Martin ist gesund. Die Mutter drückt Anita an sich und sagt: „Martin ist am Morgen aus der Bewusstlosigkeit erwacht. Es geht ihm sehr gut. Alle Ärzte sind über die schnelle, unerwartete Besserung überrascht. Allerdings muss Martin noch einige Tage zur Beobachtung im Krankenhaus bleiben."

Vor lauter Freude kollern Anita zwei dicke Tränen über die Wangen. Heute wurde ihr Martin neu geschenkt. „Das war Thereses Hilfe!" sagen die Mutter und Anita wie aus einem Munde.

Nach drei Tagen ist es soweit: Martin darf nach Hause. Vater und Onkel Heinz sind unterwegs, um ihn abzuholen. Selten hat Anita ihre Rechenaufgaben so schnell gelöst wie heute. Zufrieden packt sie ihre Schulsachen zusammen, als es dreimal läutet.

„Das ist Martin!" ruft Anita voll Freude und springt zur Tür. Sie hat recht. Frisch und munter steht ihr Bruder vor ihr. Stürmisch umarmen die Kinder einander.

Ein Teil des Versprechens wurde bereits eingelöst. Ein schönes Bild der Heiligen hat einen Ehrenplatz im Wohnzimmer erhalten. Dies fällt Martin beim Betreten des Raumes sofort auf. „Wer ist denn das?" erkundigt er sich verwundert. „Das ist die kleine heilige Therese von Lisieux. Durch ihre Fürsprache wurdest du geheilt", antwortet der Vater. Ausführlich erfährt Martin nun die ganze Geschichte: von seinem besorgniserregenden Zustand nach dem Unfall, von den vielen Ängsten um ihn, von dem Versprechen seiner Familie ...

Ergriffen hört Martin zu und betrachtet bewegt das Bild der Heiligen. „Danke für deine Hilfe!“ flüstert er.

Viertes Kapitel

Reisefieber

Drei Wochen sind seit Martins Unfall vergangen, und bei Familie Strauß ist der Alltag wieder eingekehrt. Doch es ist anders als früher. Die überraschende Heilung, die Martin geschenkt wurde, ist nicht spurlos an ihm vorübergegangen. Martin ist besinnlicher geworden. Oft steht er vor dem Bild der heiligen Therese und betrachtet es. „Wie gern wüsste ich doch mehr von dir", denkt er.

Onkel Heinz bereitet den Kindern eine große Freude. Er überrascht sie mit einem dicken, alten Buch. Auf dem Ledereinband steht in goldenen Lettern zu lesen: Geschichte einer Seele, von ihr selbst geschrieben. Martin betrachtet mit Freude die vielen schönen Illustrationen in diesem Buch. Das ganze Leben Thereses ist in Bildern festgehalten. Niemand aber hat bisher Zeit gefunden, ihm und seiner Schwester Einzelheiten darüber zu erzählen. Leider kann Martin die alte, verschnörkelte Schrift nicht entziffern. Aber er ist zuversichtlich, bald mehr über Therese zu erfahren. Seine Eltern haben in letzter Zeit viel über diese Heilige gelesen und ihm und Anita versprochen, ihnen auf der Reise ausführlich von ihr zu erzählen.

Immer ungeduldiger wartet Martin auf den Ferienbeginn am kommenden Samstag, an dem die Familie ihre Fahrt nach Lisieux antreten wird. Dann endlich wird er seine liebe Freundin besser kennen lernen.

Fünftes Kapitel

Therese und ihre Familie

„Ferien, ahoi!" sagt der Vater und tritt auf das Gaspedal. Nun ist es soweit. Die Reise nach Lisieux beginnt. Bald ist die Autobahn erreicht.

„Mama, aber jetzt musst du dein Versprechen halten und uns von Therese erzählen", erinnert Martin seine Mutter. „Das will ich gern tun", erwidert diese. „Es gibt viel über Therese zu berichten: Trauriges, Lustiges und Besinnliches. Am Besten beginne ich mit ihrer Familie.

Thereses Eltern waren sehr fleißig und tüchtig. Der Vater war Uhrmacher und besaß einen Juwelierladen. Auch die Mutter hatte einen eigenen Betrieb. Sie stellte wunderschöne, kostbare Spitzen her und beschäftigte sogar einige Stickerinnen. Herr Martin[1], der Vater Thereses, unternahm viele Geschäftsreisen für seine Gattin und verhalf ihr dadurch zu vielen Kunden. Frau Martin gab die Arbeit mit den Spitzen auch dann nicht auf, als sie ihre geliebten Kinder bekam – neun an der Zahl."

„Neun Kinder hatte sie?" staunt Anita. Sie kennt keine Familie mit so vielen Kindern.

„Damals waren kinderreiche Familien keine Seltenheit", erklärt die Mutter. „Herr und Frau Martin sehnten sich nach vielen Kindern. Sie bedeuteten ihr Lebensglück, und sie waren froh, dass sie so viele bekamen. Leider starben vier Kinder, als sie noch ganz klein waren."

„Ach!" bedauert Anita. „Dann hatten sie nur noch fünf."
„Kannst du aber gut rechnen! Dafür bekommst du einen Einser", neckt Martin sein Schwesterchen. Aber Anita beachtet den Scherz ihres Bruders nicht, und die Mutter fährt fort: „Fünf Mädchen erfüllten das Haus mit Leben und Freude: Marie, Pauline, Léonie, Céline und das Nesthäkchen ..."

„Therese!" rufen die Kinder wie aus einem Munde. „Ja, Therese war die Jüngste der Familie. Sie wurde am 2. Januar 1873 in Alençon, einer kleinen Stadt in Nordfrankreich, geboren."

„Kam sie nicht in Lisieux zur Welt?“ wundert sich Martin. „Nein, die Familie Martin zog erst später nach Lisieux. Warum, erzähle ich euch ein anderes Mal. Die ganze Familie freute sich sehr über die Geburt der kleinen Therese. Bald lief sie munter und fröhlich durch das Haus. Sie war klug und lebhaft und wie ein kleiner Kobold voll von Einfällen und Späßen. Um keinen Preis aber wollte Therese jemanden kränken. Freilich hat der kleine Schelm auch manchmal etwas angestellt. Einmal stieß Therese eine Vase um, ein anderes Mal zerriss sie Tapeten. Bei einem kleinen Kind tut sich schon manches! Niemals aber hat Therese ihre Fehler und Untaten verheimlicht.“

„Das hat die kleine Therese schon fertiggebracht?“ staunt Anita und denkt daran, wie schwer es ihr fällt, die eigenen Fehler und Vergehen einzugestehen. Ihr selbst sind Ausreden immer willkommen. Vater hat die ganze Zeit aufmerksam zugehört und meint zustimmend: „Ja, wenn Therese eine Missetat begangen hatte, wollte sie sofort ihr Gewissen erleichtern. So schnell wie möglich lief sie zur Mutter, um ihr alles zu bekennen. Dies tat sie, weil sie schon als kleines Kind den lieben Gott sehr liebte.“

[1] Martin ist ein häufiger Nachname in Frankreich und hat mit unserem Martin nichts zu tun. Die Endsilbe wird in der französischen Sprache anders ausgesprochen als in der deutschen.

Sechstes Kapitel

„Ich wähle alles!“

„Therese hat in ihrem Leben nie halbe Sachen gemacht“, fährt die Mutter nach einer Weile fort. „Was sie tat, das tat sie ganz. Deutlich zeigt dies ein Erlebnis der vierjährigen Therese mit Puppenkleidern. Wenn ihr wollt, erzähle ich euch diese Geschichte.“

„Ja, bitte!“ ruft Anita, denn sie hat Puppen und Puppenkleider sehr gern.
Martin ist weniger begeistert. Was soll auch ein großer Bub mit Puppenkleidern anfangen?

Die Mutter dürfte Martins Gedanken erraten haben, denn sie sagt: „Die Geschichte ist nicht nur für kleine Mädchen, sondern auch für große Jungen sehr interessant.“ „Bitte, Mama, erzähle!“ stimmt nun auch Martin zu und fragt sich, ob denn seine Mutter Gedanken lesen könne.

„Also gut“, sagt die Mutter, „ihr wisst ja schon, dass Therese vier Schwestern hatte. Eines Tages fasste Léonie, die drittälteste, folgenden Entschluss:

‚Ich werde von jetzt an nicht mehr mit Puppen spielen. Ich bin schon zu groß dafür. Was aber soll ich mit den vielen Puppenkleidern anfangen, die ich habe? Sicher haben meine beiden kleinen Schwestern, Céline und Therese, große Freude, wenn ich sie ihnen schenke.'

Gedacht, getan! Großmütig nahm Léonie den Korb, der mit Kostbarkeiten für die Puppenkinder gefüllt war, und brachte ihn ihren kleinen Schwestern.

,Wählt aus! Ich schenke euch alles', sagte sie zu ihnen. Céline überlegte genau, was sie brauchen könnte. Schließlich nahm sie einige schöne Bänder. Therese hingegen dachte überhaupt nicht nach. Sie war nicht so bescheiden wie Céline. Sie nahm einfach den ganzen Korb an sich und rief: ,Ich wähle alles!'

„Das würde Anita auch tun“, lacht Martin. „Maaaaartin ...!“ droht Anita. „Wenn du gemein wirst, schenke ich dir keine Schokolade mehr!“ Drei Tafeln Schokolade hatte Anita für ihren Bruder gehamstert, als er im Krankenhaus war: Und nun sagt er solche Dinge! Die Mutter beendet das kleine geschwisterliche Zwischenspiel, indem sie fortfährt:

„Therese hat diese Begebenheit aus ihrer Kindheit nie vergessen. Wie sie als kleines Mädchen mit den Puppenkleidern verfuhr, so verhielt sie sich immer Gott gegenüber. Sie sagte ihm: ‚Ich wähle alles, was du willst.‘ Sie wollte immer das tun, was dem lieben Gott am meisten gefällt.“

„Ja, die kleine Geschichte mit den Puppenkleidern geht auch die Jungen etwas an“, denkt Martin. „Immer das tun, was dem lieben Gott am meisten gefällt – das ist eine harte Sache!“ Er weiß aus Erfahrung, dass das Bessere fast immer das Schwerere ist. – Es ist schwerer, die Kartoffeln sofort aus dem Keller zu holen, wenn ihn die Mutter darum bittet, als diese Arbeit so lange zu verschieben, bis die Mutter selber geht. Das ist das Schwerere – doch es ist das Bessere!

Nun kommt Martin auch sein Mitschüler Willi Dostal in den Sinn. Eine ganze Litanei von Willis Untugenden fällt ihm ein. Dieser Willi ist unsympathisch, ein Duckmäuser und ein Strebertyp, wie er im Buch steht! Für Martin ist Willi einfach unausstehlich. Wenn er diesen Willi künftig in Ruhe ließe und ihn nicht mehr zur Zielscheibe seines Spottes machte? – Einfach wäre das für Martin nicht. Es würde ihm viel Selbstbeherrschung abverlangen. Aber Martin begreift, dass dies das Bessere wäre. Auch Anita ist nachdenklich geworden: Immer das tun, was dem lieben Gott am meisten gefällt – nicht so leicht beleidigt sein, nicht trotzen, nicht trödeln, nicht zanken, keine halben Sachen machen – das kostet viel! Was aber sagt Therese: „Ich wähle alles!"

Siebentes Kapitel

Der Tanz auf dem Kalkfass

Die Reise verläuft ruhig und eintönig. Es ist nicht besonders reizvoll, lange auf der Autobahn zu fahren. Aber wenn die Mutter erzählt, kommt keine Langeweile auf.

Im Augenblick schildert sie einen Traum der vierjährigen Therese: „Therese ging alleine im Garten spazieren. Plötzlich blieb sie vor Entsetzen stehen. Vor ihr tanzten zwei abscheuliche kleine Teufelchen auf einem Kalkfass."

„Teufelchen hat sie gesehen?" erschrickt Anita. „Natürlich nur im Traum", beruhigt sie die Mutter und fährt fort: „Die Teufelchen trugen Bügeleisen an den Füßen. Trotzdem waren sie erstaunlich flink und geschickt. Ihre Augen leuchteten wie Flammen. Plötzlich entdeckten sie Therese. Darüber waren sie so sehr erschrocken, dass sie sich vom Fass hinunterstürzten und sich im gegenüberliegenden Waschhaus versteckten. Da Therese sah, wie wenig tapfer diese garstigen Kerlchen waren, wollte sie wissen, was sie vorhatten, und näherte sich dem Fenster. Da waren die zwei Bösewichte, liefen verzweifelt über die Tische des Waschhauses und wussten nicht ein noch aus. Sie konnten den Blick des Kindes nicht ertragen. Manchmal spähten sie beunruhigt durch das Fenster, um festzustellen, ob Therese noch da sei. Wenn sie sie erblickten, rannten sie erneut verzweifelt umher."

Anita hört sehr interessiert zu. Auch sie träumt ab und zu etwas Hässliches. Sie wird zwar von keinen Teufelchen belästigt, aber nach einem bösen Traum ist sie schon manchmal zur Mutter ins Bett geflüchtet. „Da komm ich nicht mit. Weshalb konnte Therese so mutig sein, und warum haben sich die kleinen Teufel gefürchtet?" will Anita wissen.

„Das ist ganz einfach", antwortet die Mutter. „Therese hatte Gott in ihrem Herzen. Er war ihr ganz nah. Ein Freund Gottes aber braucht keine Angst zu haben. Gott ist ja bei ihm und behütet ihn. Er ist stärker als alle Teufel zusammen. Dies wussten die Teufelchen und nahmen deshalb in panischer Angst Reißaus."

Achtes Kapitel

Mama und *Kleinmütterchen*

„Diese Therese ist toll! Vor der nehmen sogar Teufelchen Reißaus", staunt Martin. „Sie war sicher immer sehr glücklich!"

‚Ja, Martin, aber das stimmt nur zum Teil", erwidert die Mutter. „Als Therese ein kleines Kind war, schien für sie immer die Sonne. Sie war von Zärtlichkeit und Liebe umgeben. Besonders stark hing sie an ihrer Mama, und folgte ihr auf Schritt und Tritt. Immer wollte sie in ihrer Nähe weilen.

Während Frau Martin an ihren Spitzen arbeitete, durfte die kleine Therese bei ihr im Zimmer spielen. Ging sie die Treppe in den ersten Stock des Hauses hinauf, rief sie auf jeder Stufe: ‚Mama! Mama!'

Die Eltern der heiligen Therese

Vergaß die Mutter zufällig ein einziges Mal zu antworten: ‚Ja, mein Töchterchen', dann blieb die Kleine stehen und ging weder vor- noch rückwärts." „So anhänglich war sie?" wundert sich Martin. „Jawohl, das war sie! Doch es kam ein trauriger, sehr trauriger Tag."

„Was passierte denn?" fragen die Kinder erschrocken. „Frau Martin litt an einer unheilbaren Krankheit. Nachdem sie lange Zeit geduldig ihre qualvollen Schmerzen ertragen hatte, starb sie am 28. August 1877. Therese war damals erst viereinhalb Jahre alt." „Ach, das ist schrecklich!" ruft Anita entsetzt. „Die arme, arme Therese!"

Wenn sich Anita vorstellt, dass ihre Mama sterben müsste – nicht auszudenken! Auch Martin wird traurig und still. „Ihr könnt euch sicher vorstellen, was dieser Schicksalsschlag für die kleine Therese bedeutete“, bricht die Mutter das Schweigen. „Thereses liebe Mama wurde im Hause aufgebahrt. Der Vater nahm die Kleine auf den Arm und sagte zu ihr: ‚Komm, gib deiner armen Mama zum letzten Mal einen Kuss!‘

Therese war so traurig, dass sie nicht einmal viel weinen konnte. Niemand hatte Zeit, sich um sie zu kümmern. Stumm schaute und hörte sie zu. Ganz allein trug sie ihre tiefe Traurigkeit. Mit einem Schlag war nun Thereses Herz wie verwandelt. Ihre Fröhlichkeit und ihre lebhafte Art waren verschwunden. Therese wurde schüchtern, weinerlich und sehr empfindsam.

Gottlob aber gab es einen Lichtblick, einen Trost in allem Unheil. An dem Tag, als Mutter Martin begraben wurde, bekam Therese ein neues Mütterchen.“ „Wie ging das zu?“ fragen die Kinder gespannt und hoffnungsvoll.

„Das kam so,“ erklärt die Mutter: „Alle fünf Schwestern saßen beisammen, Marie und Pauline, die schon fast erwachsen waren, dann Léonie und die beiden Kleinsten, Céline und Therese. Traurig blickten sie einander an. Plötzlich sagte das Dienstmädchen: ‚Ihr armen Kleinen! Nun habt ihr keine Mutter mehr.‘ Da stand Céline auf und warf sich in die Arme ihrer Schwester Marie und rief: ‚Nun gut, so wirst du Mama sein.‘ Therese war gewohnt, immer dasselbe zu tun wie Céline. Sie dachte: ‚Pauline ist vielleicht traurig, wenn sie kein Töchterchen hat.‘ So lief Therese zu Pauline, warf sich in ihre Arme und sagte: ‚Nun gut, für mich wird Pauline Mama sein!‘ Von nun an gab sie ihr den Namen *Kleinmütterchen*. Mit Recht, denn Pauline sorgte liebevoll für die Kleine und erzog sie so gut, wie es eine Mutter nicht besser könnte. Therese hatte ihre Mutter verloren, doch es blieben ihr liebevolle Schwestern, ein *Kleinmütterchen* und ein guter, sehr guter Vater."

Neuntes Kapitel

Therese und ihr „König"

Die Kinder haben beinahe vergessen, dass sie im Auto sitzen. So sehr nimmt sie die Geschichte der kleinen Therese gefangen. Das Surren der Räder und das Pfeifen des Windes erinnern sie jedoch kurz daran, dass sie unterwegs sind. Sie betrachten eine Weile die Gegend, aber das Schicksal der armen kleinen Therese geht ihnen nicht aus dem Sinn.

Da erzählt die Mutter weiter: „Nun hatten die Kinder keine Mutter mehr. Deshalb liebte Herr Martin seine Kinder doppelt. Er fügte zu seiner eigenen Liebe noch die der verstorbenen Mutter hinzu. Doch wollte er nicht länger in einem Haus wohnen, das so voll von Erinnerungen an seine liebe Frau war. Deshalb verkaufte er es und zog nach Lisieux. Diese kleine Stadt ist nicht sehr weit von Alençon entfernt. Dort hatte die Familie Martin auch liebe Verwandte. Die kleine Therese freute sich sehr auf den Umzug, der sie ein wenig von ihrer Traurigkeit ablenkte. Das Haus in Lisieux war geräumig und freundlich. Ein schöner, großer Garten, in dem viele Büsche wuchsen, umgab es. Deshalb wurde es *Les Buissonnets*[1] genannt. Bald fühlte sich die Familie dort zu Hause.

Am Vormittag erhielt Therese von ihren großen Schwestern Unterricht. Obwohl sie noch nicht fünf Jahre alt war, lernte sie leicht und gern.

An den Nachmittagen spielte sie oft zusammen mit ihrem Vater im Garten. Aus Körnern und Baumrinden braute sie köstlichen Tee und setzte ihn ihrem Vater vor. Therese besaß auch ein eigenes Gärtchen und pflegte darin ihre Blumen. Manchmal baute sie kleine Altäre, die der Vater bewundern durfte. Der Vater verwöhnte sein Töchterchen. So sehr hatte Therese sein Herz erobert, dass er sie zärtlich ‚meine kleine Königin' nannte. Er überraschte sie oft mit kleinen Geschenken und ging häufig mit ihr spazieren. Wenn sie einen Armen trafen, durfte Therese ihm ein Geldstück schenken. Das freute sie immer sehr.

Manchmal war Therese bei ihren Verwandten eingeladen. Am Abend kam ihr ‚geliebter König' – so nannte Therese ihren Vater – um sie abzuholen. Auf dem Heimweg gab sie ihrem ‚König' die Hand und lehnte das Köpfchen zurück, um die glitzernden Sterne zu betrachten. Sie hatte keine Angst, zu stolpern oder zu fallen. Sie konnte sich ja auf ihren Vater verlassen. Er hielt sie fest an der Hand und führte sie sicher nach Hause. Besonders schön war es für Therese, wenn ihr Vater sie mit zum Angeln nahm. Manchmal versuchte sie selbst, mit ihrer kleinen Angelrute zu fischen. Noch lieber aber setzte sie sich ins Gras, mitten hinein in die Margeriten,

die höher waren als sie. Sie betrachtete die blühenden Blumen und lauschte auf das Säuseln des Windes. Sie dachte dabei viel nach, vor allem über das Leben, den Himmel und den lieben Gott."

[1] *Les Buissonnets* heißt übersetzt: Die Büsche

Zehntes Kapitel

Wie ein Küken im Ei

„Jetzt aber etwas Lustiges", sagt die Mutter nach einiger Zeit. „Etwas Lustiges - fein!" freuen sich die Kinder.

„Therese erging es einmal schlimm", erzählt die Mutter mit einem Schmunzeln auf den Lippen. „Eines Tages war sie mit Victoire, dem Dienstmädchen, allein zu Hause. Victoire bügelte. Sie musste die Wäsche einspritzen und stellte deshalb einen Eimer Wasser ins Zimmer. Die kleine Therese saß daneben auf ihrem Sessel, auf dem sie wie gewohnt wippte."

„O je!" ruft Martin und denkt an sein letztes Schaukelerlebnis. Es nahm ein ungewolltes Ende. Mitten im schönsten Schaukeln verlor er den Halt und fiel rücklings zu Boden. Dort fand er sich wieder in Gesellschaft von Scherben, Salat, Kartoffeln und Würstchen.

„O je!" sagt auch die Mutter. „Plötzlich verlor die zappelnde Therese ihr Gleichgewicht und purzelte von ihrem Stuhl. Sie fiel aber nicht auf den Boden. Nein! Sie landete ausgerechnet in dem Wasserkübel, der neben ihr stand. Nur der Kopf und die Beinchen guckten noch heraus. Das kleine Thereschen füllte den Kübel genauso aus wie ein Küken sein Ei."

Die Kinder lachen über diese drollige Begebenheit. „Siehst du, Mama, sogar die heilige Therese hat geschaukelt. Dann kann ich es auch tun“, meint Martin. Da meldet sich der Vater zu Wort und brummt: „Wir werden dir aber in Zukunft immer einen Kübel Wasser neben deinen Sessel stellen, Martin!“

Elftes Kapitel

Wenn ein Blinder einen Blinden führt

„Soll ich ein wenig fahren?“ fragt die Mutter und blickt den Vater besorgt an. „Du musst schon sehr abgespannt sein!“ „Aber nein, das zahlt sich nicht mehr aus. Es ist schon Abend, und wir werden bald ein Zimmer für die Nacht suchen“, erwidert der Vater.

„Mama, bitte erzähl uns noch eine Geschichte!“ bettelt Anita. „Also gut“, sagt die Mutter etwas müde, „ich erzähle euch noch eine lustige Begebenheit aus Thereses Kindheit. Aber damit ist Schluss für heute. Schließlich ist morgen auch noch ein Tag. Therese hatte in Lisieux zwei Kusinen. Mit Marie, der jüngeren von beiden, war sie oft und gern beisammen. Ein selbsterfundenes Spiel liebten sie besonders. In ihrer Phantasie wurden sie zu Einsiedlern. Sie stellten sich vor, sie seien sehr arm, wohnten ganz allein in der Einsamkeit und besässen nichts als eine Hütte, ein Getreidefeld und ein bisschen Gemüsezucht. Es kam vor, dass sie von der Tante während des Spieles zum Spazieren gehen abgeholt wurden. Dann ging das Einsiedlerleben auf der Straße weiter.

Eines Tages befanden sich Therese und Marie auf dem Weg nach Hause. Wieder einmal wollten sie von dem Leben der Welt so wenig wissen wie die Einsiedler. Da sagte Therese zu Marie: ‚Führe mich, ich will die Augen zumachen!‘ Doch Marie wollte dasselbe tun wie Therese und sprach: ‚Ich will auch die Augen zumachen.‘ So gingen die beiden freiwillig

Blinden recht zufrieden durch die Straße. Doch ach! Ein Kaufmann hatte vor seiner Ladentür Kisten aufgestellt, und mitten in sie hinein fielen die beiden Einsiedler. Wütend rannte der Kaufmann heraus, um seine Waren zu retten. Auf der Stelle wurden die ‚blinden' Kinder wieder sehend, und der bedächtige Gang verwandelte sich in weite Sprünge. Gar rasch hatten sich die beiden Missetäter vor dem zornigen Händler aus dem Staub gemacht."

Inzwischen hat der Vater ein nettes, einladendes Hotel entdeckt. Anita und Martin sind schon sehr hungrig und müde. Nach dem Essen fallen sie in ihre weichen Betten – wie die beiden Einsiedler in die Kisten des Kaufmannes. Da träumen sie von all den Geschichten, die sie untertags gehört haben.

Zwölftes Kapitel

Peter

Früh am Morgen geht es auf nach Frankreich. Das Ziel des Tages ist Paris. Martin hat in der Schule schon viel über diese berühmte Stadt gehört. Auch Bilder ihrer wichtigsten Sehenswürdigkeiten hat er gesehen. Wie werden seine Schulkameraden staunen, wenn er ihnen von Paris erzählen wird! Er malt sich die ungläubigen Gesichter seiner Mitschüler aus und hört sie rufen: „In Paris warst du? Und auf dem Eiffelturm?“ Wer wird ihn wohl um die schöne Reise am meisten beneiden? Gerhard, Harald, Hans oder ...? Nein, sie alle nicht! Auch seine Schulkameraden werden schöne Ferien verbringen. Sie werden baden gehen, wandern, auf Berge steigen, Indianer spielen ...

Nur einen kennt Martin, der keine schönen Ferien haben wird. Es ist dies Peter Schneider. Er könnte Martin mit Recht beneiden. Martin sieht Peter deutlich vor sich. Er ist ihm plötzlich so nahe, dass er sagt: „Was wird wohl Peter in den

Ferien machen?“ „Welcher Peter?“ will Anita wissen. „Peter Schneider aus meiner Klasse“, erwidert Martin.

„Stell dir vor“, erzählt er, „eines Tages ließ Peters Mutter ihre Familie im Stich. Sie lief einfach weg und vergaß ihren Mann und ihre Kinder. Seither kam sie nie mehr nach Hause zurück. Peter ist der Älteste und hilft seinem Vater im Haushalt, wo er kann. Er räumt die Wohnung auf und sorgt für seine Brüder. Für ihn gibt es keine Ferien. Wie würde er sich freuen, wenn er an meiner Stelle wäre!“

„Peter traf ein trauriges Los“, sagt der Vater. „Aber du könntest etwas für ihn tun.“

„Ja“, sagt Martin, „ich werde ihm eine Ansichtskarte schreiben.“

„Das ist nett von dir“, antwortet der Vater. „Vor allem aber kannst du Peter in deinem Herzen mit auf unsere Reise nehmen. Vergiss nicht, in Lisieux für ihn zu beten. Therese wird seine besondere Fürsprecherin sein. Musste sie nicht auch ohne Mutter auskommen? Und Pauline, ihr Kleinmütterchen, ging auch bald von zu Hause weg.“

„Ich vergesse Peter sicher nicht“, sagt Martin. „In Lisieux werde ich eifrig für ihn beten.“

Dreizehntes Kapitel

Pauline wird berufen

„Papa erzählte soeben, dass Pauline von daheim wegging. Warum hat sie das getan? Hat sie vielleicht geheiratet?" fragt Anita. „Nein, Pauline hat nicht geheiratet", antwortet die Mutter. „Sie wollte in ein Kloster eintreten und Schwester werden." „Aber warum, Mama? Warum wollte sie nicht heiraten?" fragt Anita weiter, die fest entschlossen ist, einmal eine Mutti zu werden.

„Pauline wollte Jesus in besonderer Weise nachfolgen und allein für ihn leben", antwortet die Mutter. „Deshalb verzichtete sie auf Ehe und Familie. Dieses Opfer verlangt Jesus nur von wenigen Menschen. Pauline aber gehörte zu ihnen. Sie wurde berufen, um vor allem den Sündern zu helfen. Deshalb entschloss sie sich, in ein Karmelitinnenkloster einzutreten. In diesem Orden wird besonders viel für die Sünder gebetet und geopfert.

Eines Tages sprach Pauline mit Marie, der Ältesten der fünf Schwestern, über ihr Vorhaben. Sie sagte: ‚Ich möchte bald in den Karmel eintreten. Ich weiß, dass mich Gott dort haben will. Therese braucht mich nicht mehr. Sie ist schon groß genug. Sie kann bereits gut ohne mich auskommen.'
Therese hörte, was Pauline zu ihrer Schwester Marie sagte. Pauline wollte sie verlassen! Das zerriss ihr das Herz, und sie fing an, bitterlich zu weinen.

‚Das ist also das Leben', dachte Therese. ‚Immer wieder bringt es neues Leid. Immer wieder muss man Abschied nehmen.'

Pauline tröstete ihre kleine Schwester, so gut sie konnte. Sie erklärte der kleinen Therese, warum sie in den Karmel gehen wolle. Therese verstand das gut, obwohl sie nicht einmal den Gedanken an die Trennung von Pauline ertragen konnte. Nach wenigen Wochen war es soweit. Pauline ging ins Kloster."

Vierzehntes Kapitel

Die Jungfrau vom Lächeln

„Es muss wirklich ein harter Schlag für Therese gewesen sein, nun auch ihr *Kleinmütterchen* zu verlieren", sagt Anita teilnahmsvoll.

„Ja", erwidert die Mutter, „Therese litt schwer darunter, Pauline nicht mehr um sich zu haben. Die Trennung von ihrer geliebten Schwester löste sogar eine schwere Krankheit aus. Das kam so: Eines Tages verreiste Herr Martin mit den erwachsenen Töchtern. Die beiden Kleinen, Céline und Therese, blieben bei den Verwandten in Lisieux, dem Onkel und der Tante Guérin.

Therese und ihre um 4 Jahre ältere Schwester Céline

Der Onkel erzählte Therese von ihrer verstorbenen Mutter, um ihr Freude zu bereiten. Therese aber begann zu weinen. So sehr ergriffen sie die Erinnerungen an ihre Mutter. Die Tante steckte Therese an diesem Abend früh ins Bett. Sie meinte nämlich, Therese sei schon sehr müde. Beim Ausziehen wurde Therese von einem seltsamen Zittern befallen.

Tante Guérin hüllte Therese in Decken ein. Sie glaubte, Therese friere. Aber weder Decken noch Wärmeflaschen halfen. Therese war die ganze Nacht sehr unruhig. Am nächsten Tag holte der Onkel den Arzt. Dieser sagte: ,Therese hat eine sehr schwere Krankheit. Kinder in diesem Alter sind davon noch nie befallen worden.' Die Krankheit war wirklich schrecklich. Manchmal lag Therese da und konnte sich überhaupt nicht bewegen. Man hätte meinen können, sie sei tot. Dann wieder zitterte sie heftig am ganzen Leib und stammelte sinnlose Worte. Der Arzt sagte: ,Ich glaube nicht, dass Therese noch einmal gesund wird.'

Ach, welche Angst ergriff da den guten Vater! Auch die Schwestern sorgten sich sehr um die kleine Therese. Marie wich kaum vom Bett der Kranken. Tag und Nacht pflegte sie die Kleine.

Thereses Mutter hatte die Himmelskönigin sehr geliebt. Sie sagte ihren Kindern immer wieder:
,Geht zur Muttergottes, wenn ihr in Not seid. Maria wird euch immer helfen!'
Die Mutter hatte eine schöne Marienstatue besessen. Der Vater hatte sie mit nach Lisieux genommen. Nun stand sie neben dem Bett der kranken Therese.

Einmal hatte Therese einen besonders schweren Anfall. Marie ging in den Garten. Léonie blieb bei Therese zurück, saß am Fenster und las. Nach einigen Minuten begann Therese leise ,Mama ... Mama!' zu rufen. Léonie beachtete Therese nicht. Sie war daran gewöhnt, Therese so rufen zu hören. Das dauerte eine ganze Weile. Endlich kam Marie zurück.

Schon stand sie neben dem Bett der Kranken. Therese aber rief immer lauter nach ihrer Schwester. Bemerkte sie denn nicht, dass Marie schon längst hier war? Marie sprach Therese an und nahm ihre Hände in die ihren. All das nützte nichts. Therese fuhr fort, nach Marie zu rufen. Marie war verzweifelt. So krank war also Therese, dass sie nicht mehr klar sehen konnte, wer in ihrer Nähe war!

Die *Jungfrau vom Lächeln* neben Thereses Bett.
Diesen Namen erhielt die Statue erst später.

In ihrer Not flehte Marie die Muttergottes innig an, ihrer armen kleinen Schwester zu helfen. Plötzlich sah Therese, wie die Marienstatue neben ihrem Bett lebendig wurde. Die Muttergottes erschien ihr unbeschreiblich schön. Ihr Antlitz war von unaussprechlicher Güte und Zärtlichkeit. Am allerschönsten aber war ihr bezauberndes Lächeln. Augenblicklich waren die Krankheit und alle Leiden verschwunden. Die *Jungfrau vom Lächeln* hatte Therese geheilt."

Fünfzehntes Kapitel

Paris

Martin erwacht. Verwundert reibt er sich die Augen. „Wo bin ich denn?" murmelt er. Ja richtig! Er ist in Paris. Gestern kam er spät am Abend mit seiner Familie hier an. Martin war müde und wollte nur noch schlafen. Heute aber will er seine Augen aufsperren, damit ihm nichts von dieser schönen Stadt entgeht. Nach dem Frühstück bricht die Familie auf. „Ich habe mir unsere kleine Rundfahrt schon zurechtgelegt", sagt der Vater. „Zuerst fahren wir zur Notre-Dame." „Was ist denn das, die Notre-Dame?" fragt Anita interessiert. „Das ist die berühmteste Kirche Frankreichs und die größte von Paris. Sie gehört zu den schönsten Kathedralen der Welt", erklärt der Vater.

Wie staunen die Kinder, als sie vor dem mächtigen Bauwerk stehen. So groß haben sie sich die größte Kirche von Paris

nicht vorgestellt. „Da kann man ja unsere Pfarrkirche leicht hineinstellen", sagt Martin.

Aber der Höhepunkt kommt erst. Sie steigen auf den Turm. „Schau die steinernen Tierköpfe an!" sagt Anita begeistert. „Sehen die aber lustig und schön aus!" „Das sind Wasserspeier", erklärt der Vater. „Wenn es regnet, rinnt das Wasser durch die Tiermäuler ab." Anita kann sich an den seltsamen Formen und der Vielfalt der Wasserspeier nicht satt sehen. Bald aber wird sie aus ihren Betrachtungen herausgerissen.

„Ich seh' den Eiffelturm!" ruft Martin.

Wirklich, vom Turm der Notre-Dame aus genießt man eine wunderschöne Aussicht. Majestätisch ragt der Eiffelturm aus dem Häusermeer von Paris. Auch viele andere Sehenswürdigkeiten sind von hier aus zu erkennen: der Louvre, ein berühmtes Schloss und Museum; eine weiß leuchtende Wallfahrtskirche; die Prachtstraße von Paris, die Avenue des Champs-Elysées. An ihrem Ende steht ein gewaltiges Siegesdenkmal. „Das ist der Triumphbogen", erklärt der Vater. „Napoleon ließ ihn zum Gedächtnis an seine Siege errichten."

„Ja, der Napoleon", nickt Martin wissend und fühlt sich berufen, seine Schwester zu belehren.

„Weißt du, Napoleon war ein französischer Kaiser. Er hat fast ganz Europa erobert. Am Ende aber wurde er besiegt und hat wieder alles verloren."

Nun ist es Zeit, vom Turm der Notre-Dame herunterzusteigen. Alle werfen noch einen letzten Blick auf die Seine, den großen Fluss, der sich wie ein silbernes Band durch Paris zieht, und treppab geht es. Nach diesem ersten Höhepunkt der Rundfahrt führt der Vater seine Familie vorbei an den schönsten Baudenkmälern von Paris hin zum Eiffelturm.

Sechzehntes Kapitel

Abenteuer Eiffelturm

„Ist der aber riesig!" staunt Anita, als sie vor dem Eiffelturm steht. „Ein Autobus sieht daneben aus wie eine Ameise vor einem Tannenbaum!"

„Klar!" sagt Martin. „Der Turm ist ja 300 Meter hoch und hat drei Etagen. Glaubst du, der Eiffelturm wäre so berühmt, wenn er nicht so beeindruckend wäre?"

„Gebt bitte acht, dass wir nicht voneinander getrennt werden!" sagt die Mutter und nimmt zur Vorsicht Anita fest an der Hand. „Sollten wir uns doch in diesem Rummel verlieren, treffen wir uns hier wieder. Merkt euch die Stelle gut!" fügt der Vater hinzu.

Mit dem Lift geht es hinauf zur ersten Etage. Rasch sind sie oben. Die Kinder blicken hinunter in die Großstadt. Viele

Bauten, die ihnen der Vater vom Turm der Notre-Dame aus gezeigt hat, erkennen sie wieder.

„Ihr seid ja schon richtige Pariser", meint die Mutter anerkennend.

„Fahren wir bitte jetzt ganz hinauf?" bettelt Anita. Ihr Wunsch wird erfüllt. Schließlich ist die Familie auf der dritten Etage angelangt. Hier oben spürt man deutlich das sanfte Schwingen des Turmes. Martin genießt das. Paris liegt zu ihren Füßen. Die Häuser, die Straßen, die Autos, die Menschen: alles ist klein und niedlich.

Plötzlich sagt der Vater: „Mama, bitte gib mir meine Sonnenbrille!"

„Anscheinend glaubt er, durch seine Sonnenbrille sähe Paris noch schöner aus", denkt sie bei sich. Schon hat sie aus ihrer Handtasche das Gewünschte herausgeholt. Aber warum sucht sie immer noch in ihrer Tasche?

Martin blickt seine Mutter erstaunt an. Es hat den Anschein, als ob sie auf einmal ganz Paris vergessen hätte und ihre Handtasche die größte Sehenswürdigkeit der Welt wäre. Ihre heitere Miene ist verflogen. Etwas nervös fragt sie den Vater: „Hast du mir diesmal die Autoschlüssel nicht gegeben?" „Die Autoschlüssel?" fragt der Vater verwundert. „Die Autoschlüssel? Die musst du haben!"

„Aber nein, ich habe sie nicht", antwortet die Mutter bestimmt. Der Vater, immer noch ruhig, dreht alle seine Taschen um – acht an der Zahl. Aber in keiner haben sich die Schlüssel verkrochen. Trotzdem sagt er: „Nur mit der Ruhe!" und sucht nochmals alle Taschen gründlich durch. Die Schlüssel aber kommen nicht zum Vorschein.

„Das ist eine schöne Bescherung!" seufzt die Mutter. Anita ist dem Heulen nahe.

„Was machen wir denn jetzt? Wir müssen die Schlüssel suchen!" jammert sie.

„Wie stellst du dir das vor?!" sagt Martin vorwurfsvoll. „Wie soll man denn bei diesem Gedränge einen kleinen Schlüssel finden?"

Martin geht die Sache nicht so nahe wie der kleinen Anita. Wird der Vater einen Schlosser holen? Oder was wird er sonst machen? Ist das spannend! Als der Vater aber sagt: „Vielleicht steckt der Schlüssel im Auto“, fällt Martin ein, dass er das Autofenster nicht geschlossen hat. Ja, plötzlich kann er sich deutlich daran erinnern.

„Wir müssen schnell hinunter“, sprudelt Martin aufgeregt heraus. Von dem offenen Fenster verrät er nichts. Der Vater würde mit Recht schimpfen, dass er es offengelassen hat. So leicht darf man es einem Dieb nicht machen.

Die Familie drängt zum Lift. Die Eltern und Martin stehen bereits im Aufzug. Da wird ausgerechnet vor Anita abgesperrt. Sie muss auf den nächsten Lift warten. Kein Wunder, dass Anitas locker sitzende Tränen zu fließen beginnen. Niemand versteht ihre Sprache. Auf einmal ist sie allein in einer großen, fremden Stadt unter unbekannten Menschen. Was soll sie tun, wenn sie ihre Eltern nicht mehr findet? Ihr wird angst und bang.

„Das hat uns gerade noch gefehlt!“ stöhnt der Vater. „Wenn wenigstens die Kleine da wäre! „Renate“, sagt er zu seiner Frau, „du wartest beim vereinbarten Treffpunkt auf Anita und uns. In der Zwischenzeit laufen Martin und ich zum Auto.“ „Ist das eine Aufregung!“ denkt Martin. „Dagegen ist eine Mathematikprüfung die harmloseste Angelegenheit. Hoffentlich steht das Auto noch dort“, bangt er.

Während sie zum Parkplatz hasten, müssen sie zwei belebte Straßen überqueren. Der Verkehr ist gerade jetzt außerordentlich dicht, und die gegenüberliegende Straßenseite erreichen sie erst nach langem, ungeduldigem Warten.

Doch endlich! Es ist geschafft! Der Vater und Martin stehen vor dem Auto. Gottlob, da ist es – mit einem heruntergekurbelten Fenster und dem im Zündschloss steckenden Autoschlüssel. Dem Vater wird beinahe schwarz vor den Augen. Er sagt: „Wir hatten mehr Glück als Verstand. Das hätte leicht schiefgehen können. Es war ja geradezu einladend für einen Dieb."

Die Mutter hat inzwischen ihr schluchzendes Töchterchen in die Arme geschlossen und wartet voll Sorge auf den Vater und Martin.

Endlich, da kommen sie! Triumphierend hält Martin den Autoschlüssel in seiner Hand.

Siebzehntes Kapitel

Martin möchte berühmt werden

Martin ist bestens aufgelegt. Bald wird das Ziel der Reise, Lisieux, erreicht sein. Wie freut er sich darauf! Seine Gedanken kreisen aber immer noch um Paris. Plötzlich fängt er zu singen an:

„Napoleon, der große Held,
der hatte Ruhm und Macht und Geld.
Ich wäre gern dem Manne gleich,
dann hätt' ich auch mein Kaiserreich."

Immer wieder und in allen Tonlagen trällert er sein neues Lied. Anscheinend ist Anita von Martins Gesang nicht sehr begeistert, denn sie sagt verärgert:

„Hör auf! Ich kann diesen Napoleon nicht leiden!"

„Na so was, gnädiges Fräulein! Du weißt ja gar nichts von ihm!" spottet Martin.

Beleidigt verteidigt sich Anita: „Ich weiß genug über ihn. Napoleon hat viele Länder in den Krieg gestürzt, deshalb mag ich ihn nicht."

„Aber Fräulein Naseweis", erwidert Martin, „Napoleon war berühmt und Napoleon ist berühmt. Obwohl er schon mehr als 160 Jahre tot ist, kommen heute noch viele Leute zu seinem Grabmal. Das hast du ja selbst in Paris gesehen. Und im Geschichteunterricht erfahren alle Schüler über sein Leben und seine Heldentaten."

„Wärest du eigentlich gern berühmt?" fragt Anita.
„Ja!" ruft Martin.

Er interessiert sich brennend für einige Skisportler und Rennfahrer. Oft hat er sich schon ausgemalt, wie schön es wäre, in ihrer Haut zu stecken. Er sagt: „Am liebsten wäre ich ein guter Abfahrtsläufer. Ich würde alle Abfahrten gewinnen und ..." Da wird Martin durch den Vater jäh aus seinen Siegesträumen gerissen. „Pass mal auf, Martin", sagt er, „vor einigen Jahren gab es einen Skiläufer, der viele Rennen gewann. Er wurde sehr berühmt. Es stand viel über ihn in den Zeitungen. Das Fernsehen berichtete über ihn, und er war überaus glücklich. Nach einigen Jahren kamen aber jüngere und bessere Skifahrer, die ihm die Siege wegschnappten. Über Nacht musste er abtreten, und niemand sprach mehr von ihm. Damit konnte sich dieser Sportler nur schwer abfinden. Doch langsam begriff er, wie vergänglich sportlicher Ruhm ist."

„Das ist aber traurig", sagt Martin nachdenklich. „Martin, kannst du dich noch an die liebe Sängerin erinnern, die vor einem Jahr einen Liederwettbewerb gewann?" ruft Anita. „Zwei Tage sprach man von ihr, einige Wochen hörte man ihr Lied; plötzlich aber wurde es still um sie." „Richtig", sagt Martin, „ich habe sie fast schon vergessen. Aber bei Napoleon ist das anders. Er ist heute noch berühmt." „Da gibt es keinen Zweifel", erwidert der Vater. „Napoleon war eine bedeutende Persönlichkeit der Geschichte. Aber was hat er heute von seinem Ruhm?"

„Nichts hat er davon", lacht Anita, „denn im Himmel zählen seine gewonnenen Kriege nicht."

„Da hast du recht", gibt Martin zu, „für den Himmel zählt nur das Gute, das wir tun. Berühmt aber will ich trotzdem werden." Nun schaltet sich die Mutter in das Gespräch ein und sagt: „Du kannst ruhig versuchen, berühmt zu werden, Martin. Das ist keineswegs schlecht. Es ist nur natürlich, dass junge Menschen von großen Taten beeindruckt sind und selbst gern Großes tun möchten. Therese erging es nicht anders. Sie hat sich schon als Kind über den Ruhm Gedanken gemacht. Die Taten großer Helden und Heldinnen interessierten sie sehr. Besonders begeistert war sie von der Jungfrau von Orléans, die ihr Vaterland vor den feindlichen Engländern rettete. Therese fühlte sich selbst zum Ruhm geboren und wollte ihn um jeden Preis erringen."

„Das imponiert mir!" ruft Martin dazwischen. „Aber Therese hat nicht danach getrachtet, auf Erden berühmt zu werden", fährt die Mutter fort. „Sie erkannte bald, dass wahrer Ruhm ewig dauern muss. Daher erstrebte sie unvergänglichen, himmlischen Ruhm und wollte eine große Heilige werden. Dazu sind keine glänzenden Taten erforderlich. Es genügt, Gott und die Menschen zu lieben."

„Dann kann ich auch berühmt werden!" ruft Anita erfreut. „Sicherlich", bekräftigt die Mutter. „Ein sicherer Weg zu unvergänglichem Ruhm besteht darin, seine alltäglichen Pflichten treu zu erfüllen, Krankheit und Schmerz geduldig zu ertragen und für die erhaltenen Freuden dankbar zu sein."

Nun ist auch Martin zufrieden. Er begreift, dass er nach irdischem Ruhm streben darf, wenn er nicht darauf vergisst, auch himmlischen Ruhm zu erwerben.

Achtzehntes Kapitel

Das eingelöste Versprechen

„Hurra, wir sind in Lisieux!“ ruft Anita. „Fahren wir jetzt gleich zu dem Haus, in dem die heilige Therese gewohnt hat? Das will ich schon so lange sehen!“

Doch der Vater sagt: „Aber, aber! Zuerst suchen wir uns ein Zimmer, und danach gehen wir essen. Schließlich ist ja Mittag.“

Die Familie sitzt beim Mittagessen. Den Kindern schmeckt es ausgezeichnet. Anita wird ein Hühnchen serviert, das auf französische Art zubereitet wurde.

„Hmm!“ schwärmt Anita. „Ich könnte jeden Tag so ein Hühnchen essen.“ Die Mutter jedoch belehrt ihr Töchterlein eines Besseren. „Anita“, sagt sie, „wenn du jeden Tag ein Hühnchen bekämest, würde es dir auch nicht mehr schmecken. Selbst das Beste schmeckt nicht mehr, wenn man es immer bekommt.“ „Ach, so ist das!“ staunt Anita. „Deshalb schmeckt mir die Gemüsesuppe nie. Ich habe schon zu oft eine gegessen.“

„Nun gibt es für uns viel zu besichtigen“, sagt der Vater nach dem Essen. „Zuallererst wollen wir unser Versprechen einlösen und am Grab der heiligen Therese für die schnelle Heilung Martins danken.“

Sie gehen nur ein kurzes Stück, bis sie zu einem kleinen Park kommen. Hier bleibt der Vater stehen und zeigt auf die vor ihnen liegende kleine Kirche. Er erklärt den Kindern: „Das ist die Karmelkapelle. Hier hat Therese ihr letztes Grab bekommen."

„Wieso letztes Grab?" fragt Anita.

„Nach ihrem Tod wurde Therese wie alle Schwestern auf dem Friedhof begraben", sagt der Vater. „Als sie heiliggesprochen wurde, wurde sie in dieser Kapelle beigesetzt."

„Bitte gehen wir hinein“, drängt Martin.

Ihm ist, als ob er nun Therese persönlich besuchen könnte. Er ist ungeduldig und aufgeregt, denn auf diesen Augenblick hat er sich schon so lange gefreut. Endlich betreten sie die Kapelle. Martin hat nur eines im Sinn: Er will zum Grab der heiligen Therese. Aber die Eltern schieben ihn und Anita in eine Kirchenbank. Sie wollen zuerst Jesus grüßen und ihm danken, dass er sie auf der Reise so gut behütet hat. Martin schließt die Augen, um besser an Jesus denken zu können. Aber schon im nächsten Moment guckt er wieder neugierig herum. Er bemerkt etwas Sonderbares. So etwas hat er noch nie gesehen. Alle Wände der Kapelle sind mit kleinen, weißen Marmortafeln bedeckt. Diese sind mit Goldbuchstaben beschrieben. Aber leider kann er die Worte auf den Tafeln nicht entziffern. „Verflixt, das ist wieder Französisch oder Latein!“ denkt er ärgerlich. Anita geht es ähnlich wie ihrem Bruder. Auch sie bestaunt die unzähligen Marmortafeln. Was diese wohl bedeuten?

Die Kinder sind froh, als die Eltern aufstehen. Sie möchten ja so gern zu Thereses Grab. Bereits beim Betreten der Kapelle fiel ihnen ein großes Gitter auf, das eine dahinter liegende Seitenkapelle abtrennt. Davor stehen viele Leute. Dort muss wohl das Grab der heiligen Therese sein, vermuten sie. Nun begeben sich Martin und Anita mit ihren Eltern dorthin.

Hinter dem Gitter steht ein Glassarg, in dem man eine junge, hübsche Ordensschwester liegen sieht. „Oh, das ist sie ja, die heilige Therese!“ freut sich Anita. Die Mutter lächelt und erklärt den Kindern im Flüsterton: „In dem Glassarg liegt nur eine Statue, die die heilige Therese darstellt. Therese selbst ist ja schon gut 100 Jahre tot. Der Rest ihrer Gebeine befindet sich in der Urne unter dem Glassarg." „Ach, so ist das", meint Anita. „Therese war aber auch so schön wie diese Figur, nicht wahr?"

„Sie war viel schöner", antwortet der Vater.

„Schau", unterbricht Martin seinen Vater, „dort oben über dem Sarg steht eine schöne Muttergottesstatue."

„Ja, das ist die *Jungfrau vom Lächeln* – jene Statue, die einst an Thereses Krankenbett stand", erklärt der Vater. Die Kinder spüren, dass Reden nicht mehr am Platz ist. Viele Menschen stehen andächtig vor der Grabstelle. Einige knien auf dem Steinboden. Alle beten. Martin bemüht sich, innerlich still zu werden und nur an Therese zu denken. Nun steht er endlich hier, an diesem Ort, wo seine Lieblingsheilige begraben liegt. Aus ganzem Herzen dankt er ihr für ihre große Hilfe nach seinem schweren Unfall. Vieles geht ihm durch den Kopf. Auch seinen Schulkameraden Peter vergisst er nicht.

Anita ist ebenfalls ergriffen.
„Du hast unserem Martin geholfen! Du kümmerst dich um die Menschen. Du bist zwar im Himmel, aber du vergisst auch die Menschen auf der Erde nicht", betet sie still. Anita fallen viele Bitten ein. Für die Eltern, die kranke Tante, ihren Bruder Martin, für die vielen Kinder auf der Welt, die sich nie satt essen können, für ihre Freundinnen: für sie alle bittet Anita, Therese möge sie nicht vergessen. Mitten in ihren Bitten nimmt sie der Vater an der Hand. Die Familie verlässt die Kapelle. Wie schnell die Zeit vergangen ist! Vor der Kapelle verrät Anita ihrem Bruder ihr neuestes Geheimnis. Sie strahlt richtig, als sie ihm mitteilt: „Weißt du, ich habe eine neue Freundin gefunden, eine Freundin, die mich nie im Stich lassen wird, die mich immer versteht und der ich alles sagen kann – eine Freundin für immer. Sie heißt Therese."

Neunzehntes Kapitel

Kunde aus aller Welt

Die Marmortafeln, die die Wände der Karmelkapelle zieren, sind allen aufgefallen. Um zu erfahren, was darauf geschrieben steht, beschließt die Familie, nochmals in die Kapelle zu gehen.

Gleich in der Nähe des Eingangstores entdeckt Martin eine Tafel, die größer ist als die meisten anderen. „Schaut", sagt er aufgeregt, „hier steht ‚Portugal'!" Anita fragt: „Was aber steht sonst noch darauf?" Der Vater übersetzt: „Durch die Fürsprache der seligen Therese wurde ich geheilt. Ich danke ihr. Königin Amelie von Portugal und Prinzessin von Frankreich. 1923."

„Oh", staunen die beiden Kinder, „sogar eine Königin dankt der heiligen Therese!"

Die Mutter studiert eine andere Tafel und sagt: „Hier steht: ‚Im Krieg wurde ich schwer verwundet und lag bereits im Sterben. Aber die selige Therese hatte Mitleid mit mir und heilte mich ... . Ein Kapitän aus dem Ersten Weltkrieg.' " Die nächste Dankinschrift entschlüsselt wieder der Vater. „Hier steht", sagt er, „‚Danke, du mächtige Therese! Du hast unsere kleine Tochter von einer unheilbaren Krankheit geheilt und uns viele andere Wohltaten erwiesen.' "

Die Familie geht in der Kapelle ein Stückchen weiter. Der Vater zeigt wieder auf eine neue Tafel und übersetzt: „Wir wollen, dass man auf der ganzen Erde von dir hört. 1915." „Wie hat sich dieser Wunsch erfüllt!" sagt die Mutter. „Viele Menschen auf der ganzen Welt lieben unsere kleine heilige Therese."

Der Vater liest weiter: „Hier steht: ‚Ewigen Dank der heiligen Therese, die unsere sterbende Christiane geheilt hat.'

Und hier: ‚Ich wurde von einem Tumor geheilt. Guadeloupe (Südamerika).' "

Nun betrachtet der Vater einige der vierkantigen Pfeiler, die das Gewölbe der Kapelle tragen. Die Pfeiler sind genauso wie die Wände mit Dankinschriften übersät. Schließlich sagt er: „Wenn ich euch all diese Inschriften vorlesen würde, kämen wir an kein Ende. Wir könnten morgen noch dastehen und lesen. Ich glaube, es reicht!"

Die Eltern wenden sich dem Ausgang zu. Martin kann sich von den Tafeln nicht so schnell trennen. Sie erzählen ihm Geschichten aus den fernsten Ländern der Erde, von China bis Brasilien. Sie bringen ihm Kunde davon, dass Therese von allen Völkern geliebt wird. Voll Freude verlässt Martin als letzter der Familie die Kapelle.

Zwanzigstes Kapitel

Der kleine Weg

Die vielen Marmortafeln gehen Martin nicht aus dem Kopf. Er freut sich sehr darüber, dass Therese auf der ganzen Welt geliebt wird.

„Wie berühmt und groß ist sie doch!“ denkt er. Plötzlich aber fällt ihm ein, dass sie kleine heilige Therese genannt wird. Allerhand! Therese soll klein sein? Das kann Martin nicht verstehen. Er fragt deshalb den Vater: „Wie kann man nur eine so große Heilige klein nennen?“ „Richtig!“ mischt sich auch Anita ein. „Therese war doch kein Zwerg. Warum also wird sie dann klein genannt? So eine Gemeinheit!“

„Im Gegensatz zu euch ist Therese mit diesem Namen sehr zufrieden“, antwortet der Vater. „Sie wird deshalb kleine heilige Therese genannt, weil sie vor ihrem himmlischen Vater immer ein kleines Kind sein wollte. Therese will sich auch von den Menschen nicht als große Heilige bestaunen und bewundern lassen. Es geht ihr vielmehr darum, dass wir das Wort aus der Heiligen Schrift richtig verstehen und leben: ‚Wenn ihr nicht werdet wie die Kinder, könnt ihr nicht in das Himmelreich eingehen.‘ “

Während dieses Gespräches geht die Familie in dem kleinen Park vor der Karmelkapelle spazieren.

„Kommt, setzen wir uns auf diese Bank hier“, schlägt der Vater vor. „Ich will versuchen, euch zu erklären, was es bedeutet, ein Kind vor Gott zu sein:
Schon als kleines Mädchen wollte Therese eine große Heilige werden. Im Vergleich zu den Heiligen aber kam sie sich vor wie ein Sandkorn vor einem hohen Berg. Für große Taten und Werke fand sie sich zu schwach und zu klein. Trotzdem gab sie ihren Wunsch, heilig zu werden, nicht auf. Kurzentschlossen suchte sie nach einem Aufzug, der sie in den Himmel bringen sollte. Eines Tages las sie in der Heiligen Schrift folgenden Satz: ‚Ist jemand ganz klein, so komme er zu mir ... Wie eine Mutter ihr Kind liebkost, so will ich euch trösten; an meiner Brust will ich euch tragen und auf meinen Knien euch wiegen. (vgl. Jes 66, 12.13 und die Selbstbiographie)‘– Nun war es Therese klar, was sie tun musste: klein bleiben, ja mehr und mehr es werden. Dann würde Jesus sie in seine Arme nehmen und in den Himmel tragen.“

„Toll!“ ruft Anita erfreut. „Da braucht man sich ja gar nicht anzustrengen, um heilig zu werden.“

„So einfach ist das auch wieder nicht“, erwidert der Vater. „Auch kleine Kinder müssen etwas tun, um zu ihrem Ziel zu gelangen. Um das gut zu verstehen, hat Therese für eine junge Mitschwester eine schöne Geschichte erfunden.“

„Bitte, Papa, erzähle sie uns“, bettelt Martin. „Gut, ich will es versuchen“, antwortet der Vater. „Also hört zu: Ein kleines Kind, das gerade stehen, aber noch nicht gehen kann, befindet sich am Fuß einer Treppe. Oben sieht es seine Mutter. Wie gerne möchte es zu ihr hinauf gelangen. Es hebt

seinen kleinen Fuß, um auf die erste Stufe zu steigen. Aber – plumps! Es fällt hin und liegt am Boden. Der kleine Held aber lässt sich nicht entmutigen. Er versucht es aufs neue. Ohne Erfolg! Doch wieder und immer wieder hebt er voll Vertrauen sein kleines Füßchen, sooft er auch fallen mag. Die Mutter sieht von oben ihrem lieben Kind zu. Sie merkt den guten Willen, kommt herab, schließt das Kind in ihre Arme und trägt es die Treppe hinauf. Genauso macht es Gott mit uns Menschen. Wir müssen ihm nur immer wieder unseren guten Willen zeigen."

„Das war eine schöne Geschichte", bestätigt Anita. „Ich glaube, ich habe sie gut verstanden. Sie zeigt uns, dass kleine Kinder nur kleine Dinge tun brauchen. Sie müssen aber mit Liebe und Ausdauer dabei sein."

Martin hat aufmerksam zugehört und ergänzt: „Auch mir ist klar, was Therese mit dieser Geschichte sagen will. Vom Morgen bis zum Abend soll ich mich fröhlich bemühen, gut zu sein. Mit der kleinsten guten Tat kann ich Gott zeigen, dass ich ihn liebe. Wenn mir etwas misslingt, brauche ich den Kopf nicht hängen lassen. Gott sieht ja meinen guten Willen und mein Bemühen. Das genügt."

„Seid ihr aber zwei kluge Kinder!" lobt der Vater Anita und Martin. „Ihr habt erkannt, dass Therese uns einen Weg zu Gott gezeigt hat. Sie nennt ihn den *kleinen Weg*. Er ist ihr größtes Geschenk an uns. Therese will, dass wir auf diesem Weg zu Gott finden."

Einundzwanzigstes Kapitel

Die Weihnachtsbekehrung

Martin bewundert die roten, gelben und weißen Rosen neben der Parkbank. Sanft bewegen sie im Windhauch ihre Knospen und Blüten. Sie strecken sich der Sonne entgegen, und diese erfüllt sie mit Leben und Kraft. In ihnen erkennt er ein Bild für den kleinen Weg.

Anita reißt ihren Bruder aus seinen Betrachtungen. „Die Geschichte von dem kleinen Kind, das sich vergeblich bemühte, die Treppe hinaufzusteigen, hat mir besonders gut gefallen", sagt sie. „Wie hat es Therese nur zusammengebracht, sich eine so schöne Geschichte auszudenken?"

„Um diese Frage zu beantworten", sagt der Vater, „muss ich euch noch einmal von Thereses Kindheit erzählen. Wie ihr bereits wisst, hat Therese mit viereinhalb Jahren ihre Mutter verloren. Dieser Schicksalsschlag hat Therese schwer getroffen. Von da an war sie wie verwandelt. Sie wurde über alle Maßen empfindlich und war leicht gekränkt. Eine Kleinigkeit genügte, und sie begann zu weinen.

Glücklicherweise erkannte sie jedoch, dass es für die anderen weder schön noch angenehm war, wenn sie so weinerlich reagierte. Mit aller Kraft kämpfte sie gegen ihre Empfindlichkeit an. Aber so sehr sie sich auch anstrengte, heiter zu sein und nicht immer gleich zu weinen – es gelang ihr nicht.

Sie war wie das kleine Kind vor der Treppe. Immer wieder hob sie ihren Fuß, ohne auch nur auf die erste Stufe zu gelangen. Doch sie gab nicht auf, ihren Fehler zu bekämpfen. Zehn Jahre lang dauerte Thereses vergebliches Bemühen.

In der Weihnachtsnacht des Jahres 1886 war endlich der Moment gekommen, da Jesus es wie die Mutter machte, als sie ihr Kind auf ihren Armen die Treppe hinauftrug.

Das war so: In Frankreich stellen die kleinen Kinder am Heiligen Abend ihre Schuhe in den Kamin. Sie hoffen, dass diese in der Nacht mit Geschenken gefüllt werden. Gespannt warten sie auf den Weihnachtstag. Dann holen sie mit Freuden ihre gefüllten Schuhe wieder heraus. Auch Therese stellte jedes Jahr zu Weihnachten ihre Schuhe in den Kamin. Sie tat es auch an jenem denkwürdigen Weihnachtsabend. Nach der Christmette freute sich Therese schon sehr auf die verzauberten Schuhe.

Der Vater aber war müde. Als er die Schuhe im Kamin stehen sah, wurde er ärgerlich. Therese war doch schon vierzehn Jahre alt und für solche Kindereien zu groß. Er sagte: ‚Gottlob ist es heuer das letzte Mal!'

Therese hörte dies. Solche Worte mussten ihr das Herz durchbohren. So etwas genügte immer, um bei ihr ein Tränenmeer auszulösen. Céline war erschrocken. Sie wartete schon auf die Tränen ihrer Schwester.

Aber was war das? Therese begann nicht zu weinen! Céline traute ihren Augen nicht. War das die gleiche Therese? Anstatt zu heulen, holte Therese vergnügt ihre Schuhe aus dem Kamin. Sie stellte sie vor ihren Vater hin und zog fröhlich alle Überraschungen daraus hervor. Da war der Ärger des Vaters verflogen. Er lachte, und Céline glaubte zu träumen. Was war nur mit Therese geschehen?

In jenem Augenblick hatte Jesus Therese die Treppe hinaufgetragen. Er hatte Therese innerlich stark gemacht. Stark und mutig. Über Nacht war sie von ihrer Empfindlichkeit geheilt und wurde heiter und froh. So blieb sie ihr ganzes Leben lang."

Die Kinder haben aufmerksam zugehört und freuen sich über Thereses Bekehrung. Nach einer Weile sagt der Vater: „Auf, auf! Es ist Zeit fürs Abendessen. Es wird kühl, und es dämmert bereits."

Schweigend gehen Martin und Anita neben ihren Eltern zurück zum Hotel. Wie viel haben sie heute wieder von der kleinen heiligen Therese gelernt!

Zweiundzwanzigstes Kapitel

Eine aufregende Nacht

„Also Kinder, nun schlaft gut!" sagt die Mutter. „Papa und ich gehen nochmals in den Speisesaal hinunter." Die Kinder sind müde. Anita träumt schon vom nächsten Morgen. Sicher werden sie zu den Buissonnets gehen. Wie sehr freut sie sich darauf! Ob man wohl den Kamin, in den Therese ihre Schuhe gestellt hatte, auch sieht? Doch mitten in ihren Gedankenflügen schläft sie ein. Martin ist noch wach. Er betrachtet im Geiste nochmals die vielen Marmortafeln in der Karmelkapelle. Dann sieht er eine hohe Treppe mit vielen Stufen und ein kleines Kind davor. Vor Müdigkeit sind ihm die Augen schwer geworden, doch er kann nicht einschlafen.

Plötzlich hört Martin, wie es im Vorzimmer des Appartements knackst. „Ah, die Eltern kommen schon!" denkt er. Der Vorzimmerschrank wird aufgesperrt. „Was werden die Eltern wohl aus dem Schrank holen?" überlegt er.

Warum suchen sie so lange? Da hört Martin, dass einiges auf den Boden fällt. Auf einmal kommt ihm alles sehr komisch vor. „Mama, Papa!" ruft er. Die Antwort ist ein Gepolter. Dann knallt jemand die Türe zu. Der Lärm hat auch Anita geweckt, und sie erblickt ihren erschrockenen Bruder. „Was hast du denn, Martin?" fragt sie ihn. „Hast du nicht das Gepolter und den Knall gehört?" fragt Martin.

„Ein Gepolter? Nein! Aber ich fürchte mich, Martin“, sagt Anita und würde sich am liebsten die Decke über den Kopf ziehen. „Ich muss nachschauen, was da los ist“, sagt Martin mutig. Er springt aus dem Bett und öffnet vorsichtig die Türe. „Um Gottes willen!“ ruft er entsetzt. „Komm her, Anita, schau dir das an!“ Anitas Neugierde ist stärker als ihre Furcht. Sie läuft ebenfalls in den Vorraum. Ist das eine Bescherung! Der ganze Kasten ist leer. Dafür sieht es

am Boden aus wie auf einem Schlachtfeld. Alles liegt wild durcheinander.

„Ein Dieb, ein Dieb!“ ruft Martin, so laut er kann, und saust im Schlafanzug hinunter in den Speisesaal zu Vater und Mutter. Anita folgt ihm, so schnell es ihr nur möglich ist. Bevor die Eltern etwas sagen können, platzt Martin aufgeregt heraus: „In unserem Zimmer ist eingebrochen worden. Ein Dieb hat den ganzen Vorzimmerkasten ausgeräumt.“

Als er diese Nachricht vernimmt, schüttet sich der Vater vor Schreck das ganze Glas Wein über seine Hose. Schnell wie ein Blitz erhebt er sich und eilt im Sauseschritt zum Appartement.

„Schrecklich!“ ruft er beim Betreten des Vorraumes aus. „Wie sieht es denn hier aus!? Zum Glück habe ich das ganze Geld eingesteckt.“ Zur Vorsicht greift er nach seiner Brieftasche. Gott sei Dank, sie ist da.

„Auch die Pässe sind in Sicherheit“, überlegt er. „Ich habe sie ja beim Portier abgegeben.“

Inzwischen ist auch die Mutter ins Zimmer gekommen, und gemeinsam überprüft die Familie, ob etwas gestohlen wurde. Auf einmal schimpft der Vater: „Die Digitalkamera ist weg! So eine Frechheit! Meine neue, teure Kamera!“

„Jetzt bekommen wir die Fotos vom Eiffelturm nicht mehr", bedauert Martin. Er hätte sie so gern in der Schule hergezeigt.

„Ach so was!" jammert auch Anita. „Ich wollte die Bilder meinen Freundinnen zeigen."„Um die Bilder braucht ihr euch keine Sorgen zu machen! Das Speichermodul habe ich heute abend noch herausgenommen. Aber ich hätte lieber das Gerät als die Bilder", sagt der Vater. Nun zieht auch die Mutter Bilanz. Es fehlen ihre Handtasche, zwei Kleider und ihr goldenes Armband. Auch Martin schreit plötzlich: „Mein schönes, neues Klappmesser aus Paris ist weg!"

So etwas! Viele Dinge hätte Martin lieber geopfert als sein Messer. Auf dem Griff war der Eiffelturm abgebildet. Wie viele Dienste hatte Martin seinem neuen Messer schon zugedacht – und jetzt das!

„Mir fehlt die kleine Tasche aus Paris", bemerkt Anita auf einmal entsetzt. Nach all den Aufregungen auch das noch! Wie glücklich war Anita gewesen, als sie der Vater mit diesem wunderschönen Täschchen überrascht hatte. Der Eiffelturm war darauf gestickt. Jedermann hätte sehen können, dass Anita kein gewöhnliches Täschchen besitzt, sondern eines aus Paris. Und nun diese Enttäuschung. Bevor Anita richtig zum Jammern kommt, sagt der Vater:

„Ich werde den Diebstahl sofort der Polizei und dem Hotelbesitzer melden." Er verlässt das Appartement und kommt wenig später mit zwei Polizisten zurück. Im Hotel wird es auf einmal unruhig. Die Gäste werden gefragt, ob sie etwas Verdächtiges wahrgenommen hätten.

Martin muss genau erzählen, was sich zugetragen hat. Die Polizisten nehmen Fingerabdrücke von der Türklinke, vom Schrank und von einigen Gegenständen. Es dauert lange, bis die Polizisten ihre Arbeit beendet haben. Müde gehen die Kinder wieder zu Bett, aber schlafen können sie nicht.

Dreiundzwanzigstes Kapitel

Im letzten Augenblick

„So ein gemeiner Dieb!" Das sind Martins erste Worte nach dem Erwachen. Auch beim Frühstück fängt Martin wieder an, wie ein Rohrspatz zu schimpfen: „Wenn ich den Dieb fangen könnte, würde ich ihm die Augen auskratzen, seine Hände in Ketten legen, ihn skalpieren und an den Marterpfahl binden!" Bevor sich Anita zustimmend zu Martins Absichten äußern kann, sagt der Vater streng: „Martin, jetzt schäme dich aber! Man darf doch seinen Mitmenschen nichts Böses wünschen oder tun!" „So einem gemeinen Dieb schon!" antwortet Martin trotzig.

„Soll ich am Ende noch darum beten, dass er nicht erwischt wird? Das wäre ja noch schöner!"

„Ja, genau! Beten sollst du für den Dieb", sagt der Vater. „Du sollst zwar nicht darum beten, dass der Dieb nicht erwischt wird, wohl aber dafür, dass er seine Untaten einsieht und sich bessert."

Das hat Martin gerade noch gefehlt. „Beten soll ich für so einen Bösewicht?!" sagt er zornig. „Ja, beten will ich, aber dafür, dass er ins Gefängnis kommt!" In seinem Zorn würde Martin den Dieb am liebsten zur Hölle schicken. Die Mutter ist nicht gerade glücklich über die Äußerungen ihres Sohnes. Der Vater aber sagt vorwurfsvoll: „Ich glaube, Martin, du hast die heilige Therese gar nicht gern!"

„Das ist nicht wahr!" Martin springt empört vom Frühstückstisch auf und hält beschwörend seine Buttersemmel in die Höhe. „Was hat denn der Dieb mit der heiligen Therese zu tun?"

Anita hört gespannt das Gespräch zwischen Vater und Martin mit an. Im Grunde denkt sie wie Martin. Sie ist aber froh, dass er begonnen hat, über den Dieb zu schimpfen. Sie hätte es natürlich noch besser gekonnt. Da sie aber still war, muss nun Martin allein den Kopf hinhalten und die Zurechtweisungen des Vaters einstecken.

„Wenn man einen Heiligen verehrt und liebt, soll man davon auch etwas merken", erklärt der Vater. „Therese dachte ganz anders als du. Deshalb glaube ich, dass du Therese im Grunde genommen doch nicht magst." So eine Antwort hätte Martin wirklich nicht erwartet. Das muss er sich sagen lassen! Er hätte gute Lust zu trotzen. Aber er ringt sich zu der Frage durch: „Und wie dachte Therese?“ Der Vater antwortet: „Therese hatte großes Mitleid mit allen Menschen, die schwere Sünden begangen hatten. Die Sünde macht die Menschen nicht froh. So setzte Therese alles daran, selbst den gemeinsten Verbrechern dazu zu verhelfen, den richtigen Weg zu erkennen. Sie betete viel für sie, damit sie gerettet werden würden.“

„Ist das wahr?“ unterbricht Martin seinen Vater. „Hat sie auch für Mörder gebetet?“ „Jawohl, Martin! Da staunst du!“

„Warum hat sie das getan?“ fragt Martin. „Verbrecher verdienen es doch nicht, dass sie in den Himmel kommen.“ „Den Himmel, lieber Martin, den verdient niemand“, sagt der Vater. „Jesus schenkt ihn uns, weil er uns so sehr liebt. Mit dem Himmel ist es so wie mit der Geschichte von der Treppe, die ich euch erzählt habe. Kein Mensch kommt aus eigener Kraft hinauf.“

Anita hört aufmerksam zu.

„Und Jesus holt alle, die ihren Fuß heben und hinaufkommen wollen?“ fragt sie. „Ganz richtig, Anita“, antwortet der Vater. „Dabei ist es unwichtig, ob jemand noch ganz unten ist oder bereits auf der ersten Stufe. Nun gibt es Menschen, die nie ihren Fuß heben wollen. Ihretwegen ist Jesus sehr traurig. Er hat doch auch für sie sein Blut am Kreuz vergossen.“ „Für diese Menschen wäre Jesus also umsonst gestorben“, erkennt Martin, und er schämt sich seiner Unbarmherzigkeit. Er hatte Jesus ganz vergessen. „Du hast recht, Martin. Jesus wäre für jene Menschen, die sich nicht bemühen, gut zu sein, umsonst gestorben. Aber diesen Menschen kann man helfen“, sagt der Vater. „Das kann man?“ fragt Anita erstaunt. „Aber wie?“ „Man kann Gebet und Opfer verschenken“, antwortet der Vater. „ Wir können für sie beten und opfern. Dann gibt ihnen Jesus die Gnade, ihre bösen Taten zu bereuen und sich zu bekehren.“

„Also dann beten wir halt für unseren Dieb!“ seufzt Martin. „Das ist schön“, antwortet der Vater. „Ihr dürft aber nicht glauben, dass der Dieb nun plötzlich seine Tat bereut und uns, die gestohlenen Sachen wiederbringt. Für eine Bekehrung muss man oft sehr viel beten. Therese hat das einmal für einen Mörder getan.“ Die Kinder spitzen die Ohren.

„Bitte erzähl uns von dem Mörder!“ rufen die Kinder gespannt.

„Gut“, sagt der Vater und beginnt zu erzählen: „Es war im Jahre 1887. Therese war vierzehn Jahre alt, als sie von einem kaltblütigen Verbrecher hörte. Er hieß Pranzini und hatte in einer einzigen Nacht drei Menschen ermordet, zwei Frauen und ein Mädchen.“

„Das ist ja fürchterlich!“ sagt Anita. Beim Gedanken an diese schauerliche Bluttat wird ihr ganz bange. Der Bissen bleibt ihr im Hals stecken, und sie wird ganz bleich. „Alle Zeitungen in Frankreich berichteten ausführlich von der Gerichtsverhandlung über Pranzini“, fährt der Vater fort. „Die Leute waren sensationslüstern und lasen neugierig alles über den Mörder. Dieser wurde schließlich zum Tod verurteilt. Auch Therese war am Schicksal Pranzinis interessiert. Ihr ging es vor allem um sein ewiges Leben. Pranzini ließ keinen Priester zu sich kommen. Von Reue oder Beichte wollte er nichts hören. Das ewige Verderben war ihm gewiss. Das aber wollte Therese um jeden Preis verhindern. Sie betete und opferte viel. Sie vertraute fest darauf, dass Jesus auch diesem

verstockten Verbrecher die Gnade der Bekehrung schenken würde. Sie betete: ‚Jesus, ich bin sicher, dass du Pranzini verzeihen wirst. Wie glücklich wäre ich, wenn er ein Zeichen der Reue gäbe! Es würde mir so viel Mut machen, auch weiterhin für die Sünder zu beten.‘

Nach dem Tod Pranzinis erfuhr Therese aus der Zeitung Einzelheiten über seine Hinrichtung. Früh am Morgen wurde Pranzini gefesselt und mit geschorenen Haaren aus dem Gefängnis geführt. Er bestieg das Schafott und wollte gerade seinen Kopf in das grausige Loch stecken. Doch plötzlich wandte sich Pranzini, einer jähen Eingebung folgend, um. Er ergriff das Kreuz, das ihm der Priester, der ihn begleitet hatte, hinhielt. Dreimal küsste er die heiligen Wunden. Kurz darauf wurde er durch das Beil geköpft. Er war gerettet! Im letzten Augenblick. Von da an wuchs Thereses Wunsch, viele Menschen für den Himmel zu gewinnen.“

Vierundzwanzigstes Kapitel

Thereses Vaterhaus

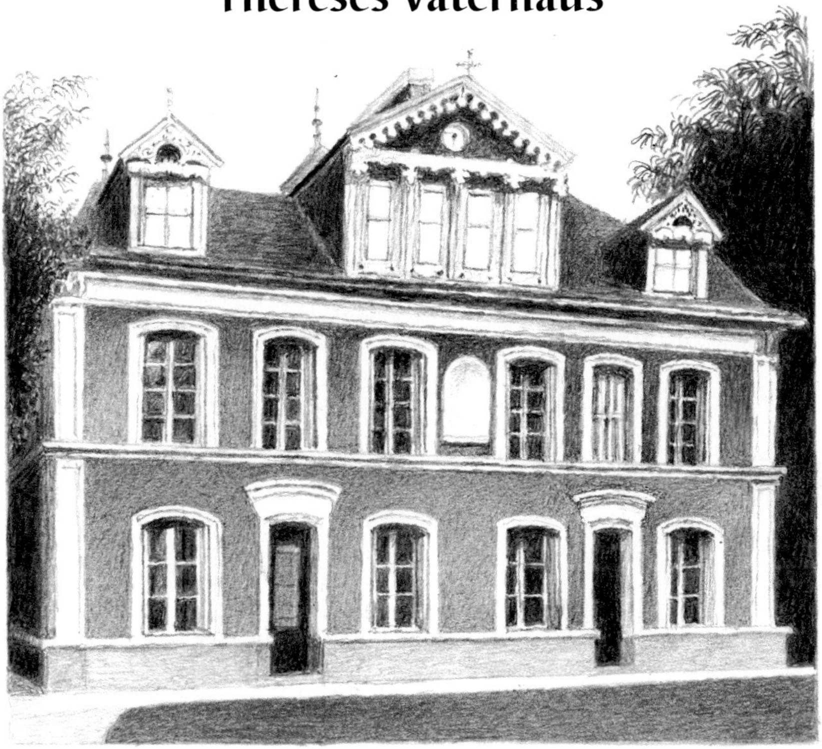

Bald nach dem Frühstück verlässt die Familie das Hotel; vorweg der Vater mit dem Stadtplan in der Hand, gefolgt von der Mutter und den Kindern. Ziel des Ausflugs ist das Vaterhaus Thereses. Es dauert nicht lange, und sie kommen zur Pont-l'Evêque, von wo ein kurzer, steiler Fußweg abzweigt. „Dieser Weg führt zu den Buissonnets", erklärt der Vater. „Therese ist ihn oft gegangen." Auf halber Höhe des Hügels steht Thereses Vaterhaus. Anita ist entzückt, als sie es sieht.

„Da möchte ich wohnen“, sagt sie begeistert. Das Haus liegt mitten in einem großen Garten und sieht tatsächlich sehr einladend aus. Die hohen Fenster mit den weißverzierten Rändern heben sich freundlich von den rotbraunen Ziegeln ab. Hier hat auch eine große Familie Platz, denn das Haus ist einstöckig und hat eine ausgebaute Mansarde. Martin möchte am liebsten den schönen Garten erforschen. Anita aber kann es kaum noch erwarten, das Haus zu betreten. Als sie durch die Eingangstüre geht, wird ihr ganz feierlich zumute. Gleich im Erdgeschoss befindet sich das Wohnzimmer der Familie. Es ist heute durch eine Glaswand vom Vorraum abgetrennt. Ein alter Eichentisch steht, umgeben von gedrechselten Stühlen, mitten im Raum.

„Hier also ist die Familie Martin oft beieinander gesessen“, denkt Anita. Sie sieht sich das Zimmer genau an: die mit Holz verkleideten Wände, den mit Schnitzereien verzierten Schrank, die alte, vergoldete Uhr, die Bilder in ihren schweren Goldrahmen. Plötzlich macht sie im Vorraum eine Entdeckung und ruft: „Oh, da ist der Kamin! Hier also hat Therese zu Weihnachten ihre Schuhe hingestellt.“ Der Vater nickt zustimmend. Verträumt bleibt Anita stehen. Der ungeduldige Martin aber gönnt seiner Schwester keine Träume.

„So komm doch endlich!“ sagt er und gibt ihr einen Schubs. „Vater und Mutter sind schon die Treppe hinaufgegangen.“ Gezwungenermaßen folgt Anita ihrem Bruder. Kurz darauf stehen sie im Zimmer Maries, Thereses ältester Schwester. „Seht her“, erklärt der Vater, „hier steht noch immer Maries Bett, in dem Therese während ihrer schweren Krankheit lag.

Gleich daneben seht ihr eine Nachbildung der Muttergottesstatue, die Therese zugelächelt hat."

„In diesem Zimmer also wurde Therese geheilt", sagt Martin besinnlich, und seine Augen verweilen bei der Statue der Jungfrau vom Lächeln.

Weiter geht es, vorbei am Zimmer des Vaters, zum Kinderzimmer. Ist das eine Pracht! Hinter Glaswänden sieht man Kleider und Spielzeug der kleinen Therese. Zwei weiße Kleider fallen den Kindern sofort auf. Die Mutter bemerkt dies und erklärt: „Das kleinere Kleid trug Therese bei der Fronleichnamsprozession, wenn der Priester mit dem Allerheiligsten durch die Straßen zog. Die kleine Therese nahm immer Blumen und Blütenblätter zur Prozession mit und warf sie zur Monstranz hin. So wollte sie Jesus, den König der Schöpfung, ehren. Wenn eine Blume die Monstranz berührte, so freute sie sich ganz besonders.

„Das große, weiße Kleid", fährt die Mutter fort, „ist Thereses Kommunionkleid. Für sie war der Erstkommuniontag ein sehr glücklicher Tag. Sie hatte zu diesem Anlass dieses schöne Kleid bekommen. Das aber war nicht so wichtig für sie. Jesus, der Herr, schenkte sich selbst an diesem Tag zum ersten Mal der kleinen Therese. Das war es, was sie so glücklich machte."

Martin und Anita haben ihrer Mutter aufmerksam zugehört. Nun aber kann sich Anita nicht mehr zurückhalten. „Schaut", ruft sie begeistert, „die lieben Puppen und das herzige Puppengeschirr – und dort der kleine Ofen und das

Bettchen! Und das Springseil und das kleine Stühlchen ...", plappert sie weiter. „Man merkt, dass du noch ein recht kleines Mädchen bist", sagt Martin trocken, „dich interessieren die Puppen am meisten. Hast du nicht auch das Rechen- und das Geographiebuch Thereses bemerkt?"

Deutlich hört Anita den spöttischen Unterton, in dem Martin mit ihr spricht. Aber das macht ihr nichts aus. „Buben verstehen eben nichts von Puppen", denkt sie.

Martin starrt auf einmal gebannt auf ein Bild. Betroffen sagt er zu Anita: „Schau, der Pranzini!"

Tatsächlich! Nun entdeckt auch Anita dieses Bild. Es zeigt Therese, wie sie für den Mörder betet. Im Hintergrund küsst Pranzini das Kreuz. Still betrachten die Kinder die Darstellung.

Vom Kinderzimmer führt eine Tür direkt in den Garten hinaus. Nachdenklich verlassen die Kinder den letzten Raum der Buissonnets. Therese ist ihren Herzen ganz nahe, und sie ahnen ein wenig von dem Segen, der von diesem Hause ausgegangen ist.

Fünfundzwanzigstes Kapitel

Das anvertraute Geheimnis

Nun ist die Familie in dem schönen Garten, der Thereses Vaterhaus umgibt. Alte Bäume, Hecken und Büsche verlocken zum Versteckenspielen. Der Himmel ist blau, und die Sonne lacht durch die knorrigen Äste hindurch. Anita hüpft auf dem Kiesweg dahin. Als sie aufblickt, steht sie vor einem schönen Denkmal. „Martin, schau, das ist Therese mit ihrem Vater!" ruft sie erfreut ihrem Bruder entgegen. „Wirklich!" stimmt Martin zu. Mit Interesse betrachten beide Kinder die aus weißem Stein gemeißelten Figuren. Die Personen sind in Lebensgröße dargestellt. Therese sitzt neben ihrem Vater und blickt ihn an. Leicht kann man erkennen, dass sich die beiden sehr gern haben. „Der Vater sieht so gütig aus", sagt Martin. „Therese konnte ihm sicher alles sagen, was sie bedrückte."

„Schade, dass wir nicht zuhören können, was Therese ihrem Vater mitteilt", bedauert Anita.

„Therese selbst können wir nicht mehr hören", sagt die Mutter, die inzwischen nachgekommen ist, „aber sie hat erzählt, was sich hier zugetragen hat." „Und was war das?" fragen die Kinder gespannt. „Therese hatte einen großen Wunsch", erzählt die Mutter. „So wie ihre Schwester Pauline wusste sie ganz genau: Jesus ruft mich in den Karmel. Wie aber sollte sie das ihrem Vater sagen? Sie war doch erst vierzehn Jahre alt. Drei Schwestern waren bereits von daheim weggegangen. Nur Céline und Therese waren noch bei dem alten Vater. Und nun wollte auch Therese ihn verlassen.

Es war am Pfingstfest des Jahres 1887, als sich Therese hier im Garten neben ihren Vater setzte. An dieser Stelle vertraute sie ihm ihre Sehnsucht an, in den Karmel einzutreten. Der Vater verstand seine Therese. Er wollte sie nicht von ihrem Weg abbringen, auch wenn dies bittere Trennung bedeutete. Im Gegenteil, von nun an war er ihr treuester Verbündeter.

Da Therese schon so jung in den Karmel eintreten wollte, benötigte sie die Erlaubnis des Bischofs. Kurzentschlossen fuhr sie, begleitet von ihrem Vater, zu ihm. Therese hatte ihre

schönen, blonden Locken aufgesteckt, um älter auszusehen. Als sie beim Bischofssitz angekommen waren, wurden sie durch riesige Zimmer geführt. Überall hingen große Bilder in schweren Goldrahmen. Endlich stand Therese vor dem Bischof. Sie wurde eingeladen, in einem Lehnstuhl Platz zu nehmen, in dem vier ihresgleichen gemütlich hätten sitzen können. Mit Begeisterung und Überzeugung brachte sie ihr Anliegen vor.

Sie erklärte dem Bischof mit allen Künsten der Beredsamkeit, warum sie schon jetzt in den Karmel gehen wolle. Aber der Bischof ließ sich von Therese nicht überzeugen. So etwas hatte er noch nie erlebt: ein Kind, das es nicht erwarten konnte, sich Gott zu schenken.

Traurig verließ Therese die Bischofsstadt. Ihr Vater aber machte ihr Mut. Er wollte gemeinsam mit ihr weiterkämpfen, ja sogar zum Papst nach Rom reisen. Davon aber später."

Nachdenklich betrachten die beiden Kinder die schönen Steinfiguren, und es ist ihnen, als hörten sie Therese leise mit ihrem Vater sprechen.

Sechsundzwanzigstes Kapitel

Therese in Rom

„Nun bin ich aber neugierig, wie es mit Therese weitergegangen ist", sagt Martin. „War sie wirklich mit ihrem Vater beim Papst?"

„Ja, das war sie", antwortet der Vater. „Zufällig fuhr gerade in jenen Tagen eine Pilgergruppe nach Rom. Herr Martin packte diese Gelegenheit beim Schopf und schloss sich mit seinen beiden Töchtern Céline und Therese dieser Gruppe an. Die Fahrt war wunderschön. Therese hatte nicht Augen genug, um all die Schönheiten der Natur zu betrachten. Sie bewunderte majestätische Berge, gewaltige Seen, tiefe Täler und anmutige Wasserfälle. Am liebsten hätte sie durch alle Fenster gleichzeitig geschaut, um ja nichts zu übersehen. Nicht nur Gottes herrliche Natur fand Thereses Entzücken, sie konnte auf ihrer Reise auch viele Städte mit ihren großartigen Kunstwerken bestaunen. Bei den Besichtigungen waren Therese und Céline unermüdlich. Immer folgten sie, flink und interessiert wie sie waren, dem Führer auf den Fuß.

Nach einem Monat anstrengender Fahrt erreichten die Pilger endlich die Ewige Stadt. Sechs volle Tage besichtigten sie Rom. Sie zogen von einer Sehenswürdigkeit zur anderen. Ganz besonders beeindruckt war Therese vom Kolosseum."
„Ah, das ist ja die alte römische Arena", meint Martin wissend. „Dort wurden die ersten Christen grausam gemartert,

wilden Tieren zum Fraß vorgeworfen, gekreuzigt oder zu lebenden Fackeln gemacht."

„Richtig", sagt der Vater, „deshalb waren Therese und Céline von diesem Ort so ergriffen. Thereses sehnlichster Wunsch war es, zu der Stelle zu gelangen, wo die Märtyrer ihr Blut für Jesus vergossen hatten. Aber gleich nach dem Eingang in die Arena verwehrte ein Gatter den Zugang zu jener geheiligten Stelle. Nach den Worten des Führers war sie durch ein Kreuz gekennzeichnet. Kurzentschlossen kletterten die beiden Mädchen über die Absperrung. Sie überhörten die Rufe ihres Vaters und liefen über den Trümmerhaufen, der das Innere der Arena bedeckte, ihrem ersehnten Ziel zu. Mit klopfendem Herzen küssten sie den Boden, der vom Blut der Märtyrer getränkt war. Aber wie sehr Therese auch vom Kolosseum bewegt war, es war nicht das Ziel ihrer Reise. Sie war gekommen, um mit dem Papst, der größten Sehenswürdigkeit Roms, zu sprechen. Am siebten Tag ihres Romaufenthaltes war es endlich soweit.

Feierlich gekleidet begab sich die Pilgergruppe zum Empfang beim Papst. Nach der Danksagungsmesse nahm der Heilige Vater in einem großen Sessel Platz. Ein Pilger nach dem andern schritt an Leo XIII. vorüber und empfing kniend seinen Segen.
Bald kam Therese an die Reihe. Sie war mit dem festen Entschluss nach Rom gefahren, den Heiligen Vater um die Erlaubnis für den Eintritt in den Karmel zu bitten. Das allein war der Grund ihrer Reise. Doch auf einmal wurde, völlig unerwartet, den Pilgern untersagt, den Papst anzusprechen. Die Audienz würde sonst zu lange dauern. Bei dieser Nach-

richt erschrak Therese zutiefst. Was sollte sie nun tun? Ohne mit dem Heiligen Vater gesprochen zu haben, wäre sie ja umsonst nach Rom gekommen. In ihrer Ratlosigkeit wandte sie sich an Céline. Diese sagte: ‚Rede!' Im nächsten Augenblick kniete Therese zu Füßen des Heiligen Vaters. Er reichte ihr die Hand. Es war üblich, sie zu küssen. Therese aber legte ihre Hand in die Hand des Papstes und begann zu sprechen: ‚Heiligster Vater, ich möchte Sie um eine große Gnade bitten.' Leo XIII. neigte seinen Kopf tief zu Therese herab und blickte sie mit seinen schwarzen und tiefgründigen Augen an. ‚Heiligster Vater', fuhr Therese fort, ‚erlauben Sie mir, mit fünfzehn Jahren in den Karmel einzutreten!'

Darum war der Papst noch nie gebeten worden. Er wandte sich fragend an den Priester, der neben ihm stand, und sagte: ‚Ich verstehe nicht recht.' Dem Papst wurde die Angelegenheit erklärt. Daraufhin wandte sich Leo XIII. wieder an Therese und sagte: ‚Nun gut, mein Kind, tun Sie, was die Oberen bestimmen werden.' Da legte Therese ihre Hände auf die Knie des Heiligen Vaters und machte einen letzten Versuch. ‚O Heiligster Vater', sagte sie, ‚wenn Sie ja sagten, wären alle einverstanden ...'

Daraufhin blickte sie der Papst fest an und sagte eindringlich und überzeugt: ‚Schon gut, schon gut ... Sie werden eintreten, wenn der liebe Gott es will ...' Papst Leo XIII. sprach sehr gütig. Das gab Therese, die sonst sehr bescheiden war, Mut. Sie wollte noch mehr sagen. Aber die beiden Nobelgardisten, die neben dem Papst standen, gaben Therese höflich zu verstehen, sie möge aufstehen und weitergehen. Therese jedoch blieb am Boden knien. Da griffen ihr die beiden Gardisten unter die Arme, hoben sie mit Gewalt weg und trugen sie bis zur Tür. Thereses Augen füllten sich mit Tränen. Das also war das Ergebnis ihrer Romfahrt!"

„So eine Enttäuschung!" äußert sich Anita mitleidig. „Nun, die Geschichte von Thereses Eintritt ins Kloster ist noch nicht zu Ende", sagt der Vater. „Therese musste zwar noch viel zittern und bangen, bis sie in den Karmel eintreten durfte; sie zweifelte aber nie daran, dass Gott ihren Wunsch erfüllen würde. Er selbst hatte sie ja gerufen. Ihr Vertrauen wurde belohnt. Nach einigen Monaten erhielt sie die ersehnte Erlaubnis des Bischofs. Der Weg in den Karmel war frei."

Siebenundzwanzigstes Kapitel

Ein Leben für Andere

Inzwischen ist es Mittag geworden. Der Vater hat mit Hilfe von Martins guter Spürnase eine einladende Gaststätte mit Garten gefunden. Uralte Bäume mit mächtigen Kronen spenden an diesem heißen Julitag wohltuenden Schatten. An einem schön gedeckten Tisch nimmt die Familie Platz. Wie gut das tut! Die Kinder strecken ihre müden Beine von sich und sehen durch ihre halbgeschlossenen Augen dem bunten Treiben rund um sie zu.

Vier Kellnerinnen bemühen sich, die hungrigen Gäste rasch und gut zu bedienen. Bald ist auch Familie Strauß an der Reihe. Es werden die köstlichsten Gerichte aufgetischt: eine kleine Gemüseplatte mit Schinken und Mayonnaise als Vorspeise, dann eine echt französische Zwiebelsuppe und als Hauptspeise Cordon bleu mit Pommes frites und gemischtem Salat. Wie das den Kindern schmeckt! Und erst recht der Nachtisch! So etwas bekommt man nicht jeden Tag: einen riesigen Becher, gefüllt mit Früchten und sechs verschiedenen Eissorten, gekrönt mit Schlagsahne, Schokoladecreme und Waffeln. Martin und Anita fühlen sich wie im Schlaraffenland. Sie sind voll mit ihrem Eis beschäftigt. Deshalb nehmen sie kaum Notiz davon, dass ihr Vater der Mutter etwas ins Ohr flüstert und anschließend den Tisch verlässt. Anita ist noch mitten im Schlecken, als sie auf einmal fragt: „Dürfen die Schwestern im Karmel auch Eis essen?“ „Ja, Eis dürfen sie essen“, antwortet die Mutter.

„Und Hühnchen auch?“ fragt Anita weiter. „Nein, Hühnchen essen sie nicht. Sie essen überhaupt kein Fleisch, auch keine Wurst.“ „Keine Wurst?“ sagt Martin erschrocken. „Das ist ja furchtbar!“

„Die Schwestern leben dafür recht gesund“, beruhigt die Mutter die beiden. „Sie essen viel Obst und Gemüse. Das erhält jung und gesund. Auch Kuchen gibt es hin und wieder.“ „Gemüse!“ seufzt Anita. Man sieht ihr an, dass sie kein Gemüsefreund ist. Betroffen fährt sie fort: „Das Leben im

Karmel ist sicher sehr schwer!" „Ja, liebe Kinder, das Leben im Karmel ist schwer", antwortet die Mutter. „Die Schwestern sind aber trotzdem glücklich und froh. Sie sind gerade deshalb in den Karmel eingetreten, weil er ein Ort des Gebetes und des Opfers ist." „Aber beten und opfern kann man überall", wirft Anita ein. „Dazu muss man doch nicht in ein Kloster gehen." „Du hast recht, Anita", stimmt Martin seiner Schwester zu. „Aber trotzdem gibt es einen Unterschied. Ich stelle mir das so vor: Schau, Fußballspielen kann man überall, aber der Fußballplatz ist dafür der beste Ort. Nirgends kann man besser spielen als dort. Genauso ist es mit dem Karmel. Er ist ein Ort des Gebetes und des Opfers, eigens dafür errichtet."

„Martin, das versteh ich. Das war ein guter Vergleich", sagt Anita. „Aber ich kann mir nicht vorstellen, dass die Schwestern den ganzen Tag nur beten. Sie werden doch sicher auch arbeiten."

„Ja, freilich gibt es auch Arbeit", antwortet die Mutter. „Meistens haben die Schwestern einen großen Garten, um Gemüse anzubauen. Da gibt es schon eine Menge zu tun. Manche Klöster haben eine Hostienbäckerei. Wieder andere machen schöne Handarbeiten."

„Aha", sagt Anita. „Da können sie wenigstens miteinander plaudern." „Das stellst du dir so vor", erwidert die Mutter zum Leidwesen ihres Töchterchens. „Wenn die Schwestern arbeiten, sprechen sie nicht miteinander. Sie wollen nämlich auch während der Arbeit schweigend mit Gott verbunden sein. Sie unterhalten sich nur während ihrer Erholungszeiten."

„Das wäre etwas für Anita!“ neckt Martin seine Schwester. „Dir würde das Schweigen sicher auch nicht schaden, du Frechdachs!“ entgegnet Anita. „Bei einem so schweren Leben werden sich die Schwestern sicher sehr auf ihre Ferien freuen“, meint Martin. Nun aber lacht die Mutter und sagt: „Ferien, Martin, Ferien gibt es für Karmelitinnen nie! Sie verlassen das Klostergebäude ihr ganzes Leben lang nicht mehr.“ „Das ist sicher das schwerste Opfer“, erschrickt Anita. „Nein, keine Wurst essen ist viel schwerer“, widerspricht Martin. „Na ja, ich weiß nicht“, zweifelt Anita. „Stell dir vor, du wärst ein Leben lang in deiner Schule eingesperrt und würdest immer nur deine Schulkollegen sehen.“

„Oje! gibt Martin zu. „Das wäre schlimm – immer den Willi vor der Nase! Nein, da würde ich schon lieber für immer auf Wurst verzichten.“

Nach diesem Gespräch starren die Kinder in die leergenaschten Eisbecher. Sie ahnen nun, welch ein Leben Therese gewählt hatte. Freudig hatte sie auf Ehe, Reichtum und Bequemlichkeit verzichtet. Freiwillig wählte sie das Leben im Karmel, um durch Gebet und Opfer vielen Menschen den Himmel zu gewinnen.

Achtundzwanzigstes Kapitel

Ein schöner Lohn

„Wohin ist Papa eigentlich gegangen?" fragt Anita nach dem Gespräch über das Leben im Karmel. Zu ihrer Überraschung antwortet der Vater selbst: „Ich war einkaufen."

Herr Strauß ist gerade in diesem Augenblick, von den Kindern unbemerkt, zum Tisch zurückgekommen. Er blinzelt verschmitzt mit den Augen, und in seiner Hand baumelt ein vielversprechendes Päckchen.

Gerne würde Anita wissen, was drin ist. Sie bezähmt aber ihre Neugierde und hofft, dass Martin als erster fragt. Doch ihr Bruder sagt nichts. „Worüber habt ihr euch denn unterhalten?" will der Vater wissen. Nun fürchtet Anita, dass Martin anfängt, des langen und breiten zu erzählen. Das muss sie verhindern, und es sprudelt aus ihr heraus: „Papa, was hast du denn in der Hand?" „Eine Überraschung", lautet die Antwort des Vaters, und er reicht ihr das Päckchen. Schnell ist es aufgeschnürt. Anita reißt das Papier herunter und entdeckt den Inhalt.

„Oh!" ruft sie und macht einen Freudensprung. Sie hält ein neues Täschchen in ihrer Hand. Es ist noch viel schöner als jenes aus Paris. Martin freut sich zwar mit seiner Schwester, doch hätte auch er gern ein neues Messer bekommen. Seine Enttäuschung dauert allerdings nur einen Augenblick, denn der Vater sagt: „Anita, lass Martin deine Tasche aufmachen!" Gesagt, getan. Kurz darauf zieht Martin ein kleines Fähnchen von Lisieux heraus. Diese ‚Trophäe' wird sein Fahrrad zieren, und jedermann kann sehen, wie weitgereist er ist.

Während Martin sein Fähnchen betrachtet, untersucht Anita ihre Tasche weiter. Schließlich entdeckt sie ein Seitenfach und ruft:

„Martin, schau her!" Nun ist Martins Glück vollkommen, denn Anita zieht ein Taschenmesser aus ihrer Tasche. Voll Freude findet Anita unter dem Messer noch einen silbernen Ring. Wie lange schon hat sie sich einen solchen gewünscht! Die Kinder umarmen dankbar und glücklich ihren Vater. „Ich glaube, Papa hat euch dafür belohnt, dass ihr den gestohlenen Sachen nicht weiter nachgejammert habt", sagt die Mutter mit einem Blick auf ihren Mann. Zustimmend nickt der Vater und setzt sich fröhlich neben seine Familie.

Neundundzwanzigstes Kapitel

Alles mit Liebe

„Nun wisst ihr, was in dem Päckchen war“, stellt der Vater zufrieden fest. „Jetzt aber möchte ich erfahren, worüber ihr während meiner Abwesenheit gesprochen habt.“ „Stell dir vor“, sagt Martin, „Mama hat uns erzählt, dass die Schwestern im Karmel keine Wurst essen.“ „Reden tun sie auch kaum“, seufzt Anita. „Hat euch Mama auch erklärt, warum die Schwestern dies tun?“ fragt der Vater. „Ja“, antwortet Martin. „Ich möchte aber wissen, was Therese Besonderes getan hat, um eine so große Heilige zu werden.“ „Mit Therese ist das so eine Sache“, beginnt der Vater. „Etwas Besonderes hat sie eigentlich nicht getan.“ Nun ist Martin enttäuscht, denn er hatte gehofft, einige abenteuerliche Geschichten über Therese zu hören. Doch bevor er noch etwas sagen kann, fährt der Vater fort: „Therese hat nichts Besonderes vollbracht, aber sie hat alles mit besonderer Liebe getan.“

Martin ist betroffen. Er erinnert sich an den kleinen Weg. Therese hat ihn ja nicht nur gelehrt, sondern ihn auch selbst gelebt. Erwartungsvoll wendet er sich daher an seinen Vater: „Bitte erzähle uns von Thereses Leben im Karmel!“

„Gut“, antwortet dieser, „gern will ich euch einige Begebenheiten schildern. Unter den Karmelitinnen befand sich eine alte, kranke und mürrische Mitschwester namens Petra. Diese war schon so gebrechlich, dass sie nicht mehr allein gehen konnte. Jemand musste sie begleiten. Therese wusste, dass es nicht leicht sein würde, Schwester Petra bei dieser Hilfeleistung zufriedenzustellen. Aber sie wollte eine so schöne Gelegenheit, Liebe zu üben, nicht versäumen. Deshalb sagte sie zu der hilfsbedürftigen Kranken: ‚Ich möchte Sie gerne führen!' Anfangs war diese von Thereses liebem Angebot nicht begeistert. ‚So ein junges Ding kann mich doch nicht führen', dachte sie.

Schließlich aber wurde Therese doch Schwester Petras treue Begleiterin. Vorsichtig musste sie hinter der kranken, alten Schwester hergehen und sie am Gürtel festhalten. Therese bemühte sich sehr, alles recht zu machen. Wenn aber Schwester Petra stolperte, schimpfte sie und gab Therese die Schuld daran. Sie sagte: ‚Ach, mein Gott! Sie gehen viel zu schnell, ich werd' mir die Knochen brechen.' Wenn Therese daraufhin noch langsamer ging, war es Schwester Petra auch nicht recht. Dann hieß es: ‚So kommen Sie doch! Ich spür Ihre Hand nimmer, Sie haben mich losgelassen, ich falle um; ach, ich hab's ja gleich gesagt, dass Sie zu jung sind, um mich zu führen.'

Therese ließ sich jedoch nicht entmutigen und war weiterhin sehr liebevoll zu Schwester Petra. Sie merkte immer, wenn ihre alte Mitschwester irgendeine Hilfe brauchte. So entging ihr nicht, dass es Schwester Petra viel Mühe kostete, mit ihren verkrüppelten Händen das Brot in ihre Schüssel einzubrocken. Kurzentschlossen schnitt ihr daher Therese das Brot. Wenn sie damit fertig war, lächelte sie Schwester Petra besonders liebenswürdig an. Auf diese Weise hatte Therese bald das Herz dieser alten, mürrischen Schwester gewonnen."

„Therese war wirklich lieb", stellt Martin bewundernd fest. „Freundlichen Menschen zu helfen ist keine Kunst. Therese aber war einer lästigen und schwierigen Person gegenüber aufmerksam und hilfsbereit. Darüber kann ich nur staunen. Langsam verstehe ich, was es heißt, alles mit besonderer Liebe zu tun."

„Therese verhielt sich aber nicht nur Schwester Petra gegenüber besonders liebevoll“, fährt der Vater fort. „Nein, sie liebte alle Schwestern, ohne Ausnahme. Dies zeigte sich auch an den Waschtagen. Als Therese lebte, gab es noch keine Waschmaschinen. Die Schwestern mussten die Wäsche in einem Kessel auskochen, dann mit der Hand waschen und im kalten Wasser spülen. War die Hitze im Sommer unerträglich, wählte Therese ihren Arbeitsplatz beim heißen Kessel. Im Winter aber, wenn die Hände vor lauter Kälte rot und blau froren, bevorzugte sie das Spülen im kalten Wasser.

Ja, so machte es Therese. Sie wählte immer freiwillig den schlechtesten Platz für sich selbst, damit es die anderen Schwestern besser hatten als sie.“

Da staunen die Kinder. So etwas wäre ihnen nicht eingefallen. Sie selbst suchen immer den besten Platz. Therese hingegen wählte einen Platz, an dem sie anderen zuliebe Nachteile in Kauf nahm. Das ist besondere Liebe.

Dreißigstes Kapitel

Liebe für Alle

„ Was hat den Mitschwestern eigentlich an Therese am meisten gefallen? Waren es ihre schönen, blonden Locken?“ fragt Anita. Da lacht Martin: „Die Haare sieht man doch bei einer Schwester nicht!“ „Ja, richtig“, gibt Anita zu. „Aber was war es dann?“ „Von Therese wird erzählt, dass sie lächeln konnte wie sonst niemand“, sagt die Mutter. „Mit ihrem Lächeln gewann sie alle Herzen, denn es war nicht gekünstelt, sondern es kam aus ihrer tiefen Liebe zu allen Menschen. Ein liebevolles, freundliches Gesicht macht den Mitmenschen Freude und heitert sie auf. Deshalb hat Therese nie Trübsal geblasen, sondern sie zeigte sich immer fröhlich – auch dann, wenn sie leiden musste und große Schmerzen hatte. Sie jammerte weder über Schmerzen, noch beklagte sie sich je über eine Arbeit.

Das war ihr aber nicht genug. Wo es etwas zu helfen oder zu holen gab, war sie sofort zur Stelle – freiwillig, versteht sich! Sie murrte auch nie, wenn sie bei einer Arbeit gestört wurde. Im Gegenteil: Sie sah dann sehr zufrieden aus, unterbrach unverzüglich ihre Beschäftigung und zeigte sich dem Störenfried gegenüber sehr freundlich.“

„Therese war wie der barmherzige Samariter“, erzählt nun der Vater weiter. „Sie kümmerte sich vor allem um jene Schwestern, die weniger beliebt waren und von den anderen nicht beachtet wurden. Wenn sich die Schwestern während ihrer Erholungszeit unterhielten, setzte sich Therese nicht neben ihre geliebte Schwester Pauline. Wie gern hätte sie das getan! Aber weil sie für die traurigen und einsamen Schwestern der barmherzige Samariter sein wollte, suchte sie mit Vorliebe deren Gesellschaft."

„Therese hat wirklich alle geliebt", fährt die Mutter fort, „auch jene, an denen sie gar nichts Liebenswürdiges entdecken konnte.

Im Karmel gab es so eine Schwester. Sie ging Therese ständig auf die Nerven. Aber Therese ließ sich dies nie anmerken. Sie war sogar besonders nett zu ihr und betete viel für sie. Die anderen Mitschwestern glaubten, diese unsympathische Schwester sei Thereses beste Freundin gewesen. Eines Tages wurde Therese sogar von dieser Schwester selbst gefragt: ‚Schwester Therese, verraten Sie mir doch, was Ihnen so an mir gefällt! Immer lächeln Sie, wenn Sie mich sehen!'

Kurz nach dem Tod Thereses sagte dieselbe Schwester sehr selbstzufrieden: ‚Ich wenigstens habe sie während ihres Lebens sehr glücklich gemacht!' " „Um Gottes willen, war das eine eingebildete Schwester!" sagt Anita. „Therese jedoch hat sich immer so in der Hand gehabt, dass niemand merkte, wer ihr sympathisch war und wer nicht. Nun glaube ich wirklich: Therese hat alle geliebt."

Einunddreißigstes Kapitel

Alles für Jesus

„Wie gut die Ruhe nach so einem echt französischen Mittagessen tut!" sagt die Mutter.
Es ist bereits drei Uhr nachmittags. Die Familie sitzt noch immer gemütlich bei Tisch. Die Eltern genießen einen starken Kaffee, und die Kinder sind mit den Resten einer Torte beschäftigt. Einige Ansichtskarten von Lisieux und ein Brief an Onkel Heinz liegen auf dem Tisch. Die ganze Familie hat in der letzten Stunde eifrig daran geschrieben. Die Kartengrüße gelten einigen Verwandten und Freunden sowie Martins Mitschüler Peter. Der Brief an Onkel Heinz ist sehr dick. Neben dem beschriebenen Briefpapier enthält er drei schöne Karten von Lisieux und fünf verschiedene Hundefotos. Auf einem der Hundebilder knabbert ein Spaniel an einem Hausschuh. Auf jeder Karte steht ein von Martin selbst gedichteter Vers. Es ist ein kleines Dankeszeichen dafür, dass Onkel Heinz während der Abwesenheit der Familie ihren treuen Spaniel Tom in seine Obhut genommen hat. Nachdem der Vater einen stolzen Betrag für das reichhaltige Mahl bezahlt hat, bricht Familie Strauß auf.

Das Ziel ist der Stadtfriedhof von Lisieux. Ein darin abgegrenztes Gräberfeld gehört den Karmelitinnen. Auch Therese wurde nach ihrem Tod dort bestattet. „Wisst ihr eigentlich, dass Therese nur vierundzwanzig Jahre alt geworden ist?" fragt die Mutter. „Was, so jung ist sie schon gestorben?" erschrickt Anita. „Das ist aber traurig!" „Ja, leider wurde

Therese unheilbar krank und starb deshalb so früh. Sie hatte aber während der kurzen Zeit ihres Lebens viel für das Reich Gottes gewirkt. Ihr Wort hat sich bewahrheitet: ‚Die Liebe ersetzt ein langes Leben.‘

Zum ersten Mal machte sich die Krankheit Thereses eineinhalb Jahre vor ihrem Tod bemerkbar. Es war in der Nacht zum Karfreitag des Jahres 1896. Therese hustete, und es stieg etwas kochend heiß bis zu ihren Lippen auf. Therese hatte ihre Lampe bereits ausgelöscht. So sagte sie sich, sie müsste bis zum Morgen warten, um zu sehen, was es wäre. Die Morgenhelle bestätigte ihre Vermutung: Es war Blut, das sie gespuckt hatte. Therese verstand: An seinem Todestag gab ihr Jesus ein Zeichen, dass er sie bald zu sich rufen würde.
Therese hatte sich nicht geirrt. Aber welcher Leidensweg lag nun vor ihr, und mit wie viel Geduld ist sie ihn gegangen! Unsere liebe Kranke hatte Tuberkulose. Ihre Mitschwestern aber ahnten lange Zeit nichts von Thereses Leiden. Die Priorin nahm anfangs ihre Krankheit nicht so tragisch. Therese gab auch keinen Anlass dazu. Sie war fröhlich wie immer, half, wo sie konnte, jammerte nie und arbeitete wie in gesunden Tagen. Niemand merkte, dass sie immer weniger aß. Niemand ahnte, wie mühselig und anstrengend es für sie war, die Treppe zu ihrem Zimmer hinaufzusteigen. Niemand wusste, dass sie eine Stunde zum Auskleiden brauchte. So erschöpft war sie. Und dann kam die Nacht – eine lange, schlaflose Nacht. Fieber schüttelte die arme Therese, und endlose Hustenanfälle quälten sie.“

„War sie denn nicht beim Arzt?“ wendet Anita ein. „Ein paar Spritzen hätten ihr doch sicher geholfen.“ „Natürlich war

Therese in ärztlicher Behandlung“, erklärt die Mutter. „Doch zu jener Zeit gab es noch keine so wirkungsvollen Injektionen wie heute. Früher wurden auch noch andere Methoden angewandt. Therese musste eine furchtbar bittere Medizin schlucken und wurde mit glühenden Nadeln gestochen.“ „Was?“ ruft Anita bestürzt. „Mit glühenden Nadeln wurde Therese gestochen? Aber da wurde sie sicher narkotisiert?!“ „Nein, Therese hatte keine Narkose bekommen. Sie stand an einen Tisch gelehnt und wartete geduldig auf die schmerzhafte Behandlung. Während der Tortur plauderte der Arzt mit anderen Schwestern über nebensächliche Dinge. Unsere Therese blieb aber ruhig stehen und ließ alles tapfer über sich ergehen. Wenn die Pein vorüber war, ging sie in ihr Zimmer. Dort blieb sie ganz allein mit ihren Schmerzen.“ „Wie viele solcher Stiche hat denn Therese erdulden müssen?“ will Martin wissen.

„Fünfhundert“, antwortet die Mutter. Den Kindern stockt der Atem, doch die Mutter fährt fort:
„Stellt euch vor, ein ganzes Jahr lang hat sich Therese trotz ihrer Beschwerden kaum geschont. Dann aber war sie am Ende ihrer Kräfte und kam ins Krankenzimmer. Die Krankheit verschlimmerte sich von Tag zu Tag. Therese magerte bis auf die Knochen ab, und an einigen Stellen war sie wundgelegen. Der Durst wurde immer schlimmer, der Husten immer ärger. Man meinte, Therese müsste augenblicklich ersticken.

In jenen Tagen sagte Therese selbst: ‚Ich habe nie geglaubt, dass man so viel leiden kann! Niemals!‘ Trotzdem war die Patientin geduldig. Sie wusste ja, warum sie so viel litt. Immer war es ihr sehnlichster Wunsch gewesen, viele Seelen für Gott zu gewinnen. Jetzt hatte sie das Mittel in der Hand. Es waren ihre Leiden, die sie Jesus mit ganzem Herzen schenkte. Ja, jeden Augenblick opferte sie ihre Schmerzen auf, damit dadurch vielen Menschen der Himmel zuteil werden konnte.

Am 30. September 1897 gegen 7.20 Uhr abend starb Therese. Ihre letzten Worte waren: ‚Mein Gott, ich liebe dich!' "

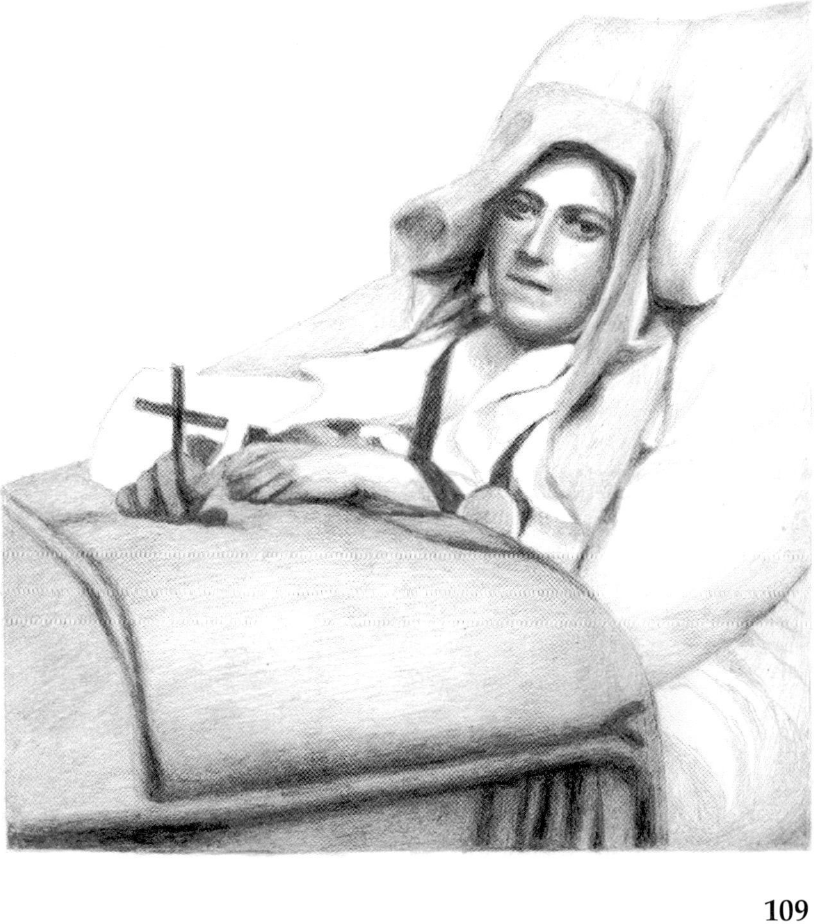

Während dieser Erzählung hat die Familie den Friedhof erreicht. Nach kurzem Suchen steht sie vor den einfachen Holzkreuzen der Karmelitinnen.
Der Vater deutet auf ein altes Holzkreuz, das zum Schutz vor der Witterung in Stein und Glas eingebettet liegt, und erklärt: „An dieser Stelle wurde Therese begraben. Nach ihrer Heiligsprechung aber wurden ihre Gebeine in die Karmelkapelle überführt."

„Papa, auf dem Querbalken des alten Holzkreuzes steht eine Inschrift!" ruft Martin plötzlich. „Kannst du sie lesen?" „Ja", sagt der Vater.

„Auf dem Kreuz steht: ‚Ich will meinen Himmel damit verbringen, Gutes zu tun auf Erden.' "

„Das ist aber eine schöne Grabinschrift", meint Anita. „Steht dieser Spruch in der Heiligen Schrift?" „Nein, das nicht", erklärt der Vater.

„Dieser Ausspruch stammt von Therese. Das kam so: Als ihre Mitschwestern wegen Thereses herannahenden Todes sehr betrübt waren, tröstete Therese sie mit diesen Worten. Sie versprach, sich im Himmel nicht auszuruhen. Nein, das wollte sie um keinen Preis! Vielmehr schmiedete sie Pläne für den Himmel. Von dort aus wollte sie allen helfen. Wie ihr ja schon in der Karmelkapelle gesehen habt, hat Therese ihr Versprechen gehalten. Die vielen Dankinschriften bezeugen es. Therese hat vom Himmel aus schon so viel Gutes gewirkt!

Einmal hat sie ihr Versprechen auch mit folgenden Worten ausgedrückt: ‚Nach meinem Tode werde ich Rosen regnen lassen.' Ja, einen ganzen Rosenregen hat sie versprochen. Mit den Rosen meint Therese Gnaden. Thereses himmlische Rosen sind Bekehrungen und Heilungen."

„Es ist ja äußerst liebenswürdig von Therese, einen Rosenregen zu versprechen. Aber wie konnte sie nur eine so kühne Behauptung wagen?“ wundert sich Martin. „Den Grund dafür hat uns Therese selbst genannt“, antwortet die Mutter. „Ich kenne ihren Ausspruch wörtlich: ‚Ich bin gewiss, dass der liebe Gott mir erlauben wird, mit vollen Händen seine Gnaden auszugießen.‘

Therese kann vom Himmel Rosen regnen lassen, weil sie im Leben alles für Jesus getan hat.“

Zweiunddreißigstes Kapitel

Rosen für Thomas

Nach diesem besinnlichen Friedhofsbesuch spaziert Familie Strauß zurück in die Stadt. Der Weg führt durch einen gepflegten Park. Von hier aus hat man einen herrlichen Blick auf Lisieux. Eine Bank lädt ein zur Rast. Die Kinder setzen sich zuerst.

„Bis zur heiligen Messe haben wir noch Zeit“, sagt der Vater, und so nehmen auch die Eltern Platz. „Therese lässt ihre Rosen auch heute noch regnen“, stellt Martin bestimmt fest. „Meine Rose habe ich in diesem Sommer nach meinem unglücklichen Sturz bekommen.“ „Ja“, stimmt die Mutter zu, „Therese wirkt immer noch und wird auch weiterhin wirken.

Die kostbarsten Rosen, die sie verschenkt, sind aber nicht die Heilungen von körperlichen Gebrechen, sondern die an den Seelen bewirkten. Therese hat viele Menschen vom Himmel aus bekehrt und ihnen den richtigen Weg gewiesen."

„Richtig", fällt der Vater ins Wort, „ich habe kurz vor unserer Reise die Geschichte eines Afrikamissionars gelesen. Voll Dankbarkeit berichtet er, wie ihm Therese geholfen hat."

„Erzähl uns von ihm!" bettelt Anita. „Also hört", beginnt er. „Der Missionar hieß Pater Thomas. Er hatte ein gutes Herz. Schon als Kind träumte er davon, einmal in ein Missionsland zu reisen. Sein Traum ging in Erfüllung. Thomas wurde tatsächlich Missionar. Er kam nach Afrika und wollte dort den Eingeborenen ein guter Vater werden. Leider aber hatte Thomas nicht lange Freude an seiner Aufgabe. Er fing zwar mit Schwung und Begeisterung an, aber das Leben in Afrika war schwer. Vor allem bedrückte es ihn, dass ihm die Eingeborenen kein Vertrauen entgegenbrachten. Er meinte es so gut mit ihnen, sie aber gingen ihm aus dem Weg. Thomas dachte lange nach, wie er ihre Herzen gewinnen könnte. Er versuchte alles mögliche. Aber er hatte keinen Erfolg.

Der junge Missionar wurde mutlos. Bald fand er die Menschen, für die er sorgen wollte, hässlich und schlecht. Nichts an ihnen gefiel ihm mehr. Alles ging ihm nun auf die Nerven: das Elend, die Armut, vor allem die Menschen. Thomas hatte so kühne, so schöne, so hochherzige Träume gehabt. Nun aber war alles ganz anders gekommen. Er wurde unbeschreiblich traurig.

Eines Tages schenkte ihm jemand ein Buch. Es war Thereses eigene Lebensbeschreibung. Thomas begann zu lesen und konnte nicht mehr aufhören. Je länger er in diesem Buch las, umso mehr entdeckte er, dass er in seinem Leben vieles falsch gemacht hatte. Er hatte immer nur auf seine eigene Kraft vertraut. Im Grunde seines Herzens war er davon überzeugt, dass er die Hilfe Gottes gar nicht brauchte. So musste es natürlich schiefgehen. Durch Therese hatte Thomas nun erkannt: ‚Ich bin ein schwacher, armer Mensch. Niemals wird sich etwas daran ändern. Ich werde immer arm, schwach und klein bleiben. Aber das macht nichts! Im Gegenteil: Gerade deshalb will mir Jesus helfen. Je ärmer ich bin, desto mehr ist Jesus für mich da. Aber ich darf seine Hand nicht loslassen und muss immer auf ihn vertrauen.'

Nachdem Thomas das Buch fertiggelesen hatte, war er ein neuer Mensch. Die Armut machte ihm nichts mehr aus. Die Eingeborenen erschienen ihm nicht mehr hässlich. Er begann sie zu lieben. Auch seine mühevolle Arbeit fiel ihm nicht mehr schwer, denn von nun an machte er alles zusammen mit Jesus. Thomas hatte Thereses kleinen Weg verstanden. Therese hatte ihm eine kostbare Rose geschenkt, und von da an war er wieder froh."

„Dieser Missionar hat sich selbst und seine Berufung wieder gefunden, weil er versucht hat, sich immer auf die Kraft Gottes zu stützen", ergänzt die Mutter. „Er hat es verstanden, was Therese wieder neu entdeckt hat – nämlich das Wort Jesu aus der Heiligen Schrift: ‚Getrennt von mir könnt ihr nichts vollbringen (Joh 15, 5).'

Wie ihr schon wisst ist das das Wesentliche des kleinen Weges. Weil Therese diesen ihren kleinen Weg gelebt und gelehrt hat, ist sie auch im Jahr 1997 anlässlich ihres 100. Geburtstages zur Kirchenlehrerin erhoben worden."

Dreiunddreißigstes Kapitel

Begegnung im Park

Kurz nachdem der Vater mit der Geschichte von Pater Thomas begonnen hatte, setzte sich ein Ordenspriester auf die Nebenbank. Er schloss die Augen und ließ sein zerfurchtes und braungebranntes Gesicht von der Sonne bescheinen. Es lag ein Lächeln auf seinen Zügen, und hin und wieder schien er zustimmend zu nicken. Die Kinder hatten gespannt der Geschichte über Pater Thomas zugehört und deshalb, von einem Kopfnicken als Gruß abgesehen, ihrem Nachbarn keine Aufmerksamkeit geschenkt.

Vater Strauß hat soeben seine Erzählung beendet, als sich der Priester mit einer tiefen, wohlklingenden Stimme an die Familie wendet: „Sind Sie aus Österreich?" „Ja", antwortet Martin verwundert. „Wie kommen Sie denn darauf?" „Ja, ich habe schon die ganze Zeit zugehört", lächelt der Priester. „Und die Sprache verrät die Heimat."

„Und woher kommen Sie?“ fragt Herr Strauß freundlich. „Ich wurde in Würzburg geboren“, antwortet der Priester, „aber ich komme direkt aus Afrika. Ich bin auf Heimaturlaub und will bei dieser Gelegenheit auch Lisieux besuchen. Ich habe viel zu danken, denn die heilige Therese hat auch mir sehr geholfen.“

„Oh, da könnten Sie uns sicher auch etwas erzählen“, ruft Anita etwas vorlaut. „Wenn es Ihnen recht ist“, sagt der Missionar mit einem Blick auf die Eltern, „tue ich es gern.“ „Selbstverständlich ist es uns recht“, sagt die Mutter. „Wir bitten Sie darum; wir können nicht genug über Therese hören.“

Der Missionar blickt auf die beiden Kinder und sagt: „Ich erzähle für jeden von euch eine Geschichte; zuerst eine für das kleine Fräulein und dann eine für den jungen Herrn.

Passt also auf: In meinem Missionsgebiet wohnte ein kleines Mädchen, dessen rechtes Bein völlig gelähmt war. Unser Missionsarzt meinte, man sollte die Kleine ins Krankenhaus bringen. Dort könnte man ihr vielleicht helfen. Das nächste Krankenhaus war weit weg. Dennoch nahmen die Eltern die Mühe auf sich, ihr gelähmtes Kind mehrere Male zur Behandlung dorthin zu bringen. Jedesmal, wenn es der Vater wieder in das Heimatdorf zurückholte, trug er sein krankes Kind in unsere Kapelle. Dort kniete er vor der Statue der heiligen Therese nieder und bat um die Heilung seines kleinen Mädchens.

Die Behandlung im Krankenhaus brachte keinen Erfolg. Im Gegenteil: Wir befürchteten, dass auch das linke Bein lahm werden würde. Doch der Vater betete mit großem Vertrauen weiter zur heiligen Therese. Eines Tages holte er die Kleine wieder einmal vom Krankenhaus ab, brachte sie wie gewohnt in die Missionskapelle und legte sie vor den Theresienaltar.

Plötzlich stand das Kind auf und lief zur Theresienstatue. Voll Freude rief es: ‚Danke, heilige Therese! Du hast schöne Blumen!‘ Jetzt ist das Mädchen schon erwachsen. Heute erklärt es jedesmal, wenn es ein Bild der heiligen Therese sieht: ‚Ich liebe sie sehr! Sie hat mich geheilt.‘ “

„Das kann ich auch behaupten“, sagt Martin und erzählt dem Missionar seine Geschichte.

„Über deine Heilung freue ich mich sehr“, antwortet der Missionar. „Jetzt müsstest du eigentlich Therese heißen wie ein Knabe in meinem Missionsgebiet“, scherzt er.

„Ja, zu meiner Gemeinde gehört tatsächlich ein Knabe mit dem Namen Therese“, fährt der Priester fort. „Es war vor einigen Jahren, da kam eine Frau aus einem entlegenen Dorf auf meine Missionsstation. Ich hatte diese Frau vorher noch nie gesehen. Damals war sie keine Christin. In ihren Armen trug sie ihr todkrankes Baby. Es war ein Knabe. Sie hielt mir das Kind hin und sagte: ‚Nimm es, damit ich es nicht sterben sehe!‘ Die arme Mutter war ganz verzweifelt. Ich nahm das Kind und übergab es einer Missionsschwester.

Dann ging ich mit der Frau in ein Zimmer, wo ein großes Bild der heiligen Therese hing. Als die Frau das Bild erblickte, fragte sie: ‚Wer ist das?' ‚Die kleine heilige Therese, eine große Freundin Gottes', antwortete ich. Dann erzählte ich ihr kurz über deren Leben und von ihrem Versprechen, auf Erden viel Gutes zu tun. Kurzentschlossen kniete die Frau nieder und betete eineinhalb Stunden lang vor dem Bild.

Die Missionsschwester befand sich mit dem Kind im Nebenraum. Nach einiger Zeit wurde das Baby ganz ruhig. Die Schwester sagte sich: ‚Nun ist es vorbei!' Aber welche Überraschung erlebte sie! Als sie das Kind genauer betrachtete, sah sie, dass es schlief und vollkommen gesund aussah.

Als die Mutter hörte, dass ihr Kind lebe und gesund sei, nahm sie es überglücklich an sich und trug es vor das Bild der heiligen Therese. Dann sagte sie: ‚Du hast mir mein Kind wiedergegeben. Von heute an soll es deinen Namen tragen!' ‚Aber Therese ist doch ein Mädchenname! Knaben tragen diesen Namen nicht', wandte ich ein. Die Mutter ließ sich jedoch nicht von ihrem Vorhaben abbringen. So kam es, dass ein Knabe in meinem Missionsgebiet Therese heißt. Dem Knaben Therese und dem einstmals gelähmten Mädchen hat die heilige Therese in meinem Missionsgebiet die schönsten Rosen geschenkt. Aber was könnte ich noch alles von ihr erzählen!

Wie glücklich bin ich, dass die heilige Therese zur Patronin der Weltmissionen ernannt wurde. Alle Christen aus meinem Missionsgebiet verehren ihre Schutzpatronin sehr. Ihr Bild ist in ihren Hütten zu finden, und sie rufen sie oft um ihre Hilfe an."

Gerne würden die Kinder dem Missionar noch länger zuhören. Aber der Vater mahnt zum Aufbruch. Freundlich verabschiedet sich die Familie von dem weitgereisten Missionar. Die Hand Martins hält dieser besonders lang, und er blickt ihm tief in die Augen.

Vierunddreißigstes Kapitel

Eine Freundin für immer

Vom Park aus bietet sich ein herrlicher Ausblick auf die Stadt und die nahe Basilika. Diese liegt inmitten einer großen, parkähnlichen Anlage. Bald hat die Familie den riesigen Platz vor der Basilika erreicht. Ist das ein buntes Bild! Zwischen abgestellten Autobussen und Personenautos strömen die Menschen zur Basilika. Viele Franzosen, teilweise in Volkstracht gekleidet, aber auch eine große Anzahl von Ausländern, darunter Asiaten und Afrikaner, fallen den Kindern auf.

Nun stehen sie direkt vor der Basilika und bestaunen ihre gewaltigen Ausmaße.

„Ist das eine wunderbare Kirche!" ruft Martin. „Ja", sagt der Vater, „sie ist eine der größten Kirchen, die in unserem Jahrhundert gebaut wurden. Der spätere Papst Pius XII. hat sie 1937 zu Ehren der heiligen Therese eingeweiht. Sie ist ein Denkmal für die Patronin der Weltmission. Freunde der heiligen Therese aus aller Welt haben für den Bau viele Opfer gebracht. Groß und klein, arm und reich, weiß und schwarz: sie alle setzten hier ein Zeichen ihrer Dankbarkeit und Liebe zu Therese. Aber kommt, wir wollen ja vor der heiligen Messe noch die Kuppel besichtigen!"

Nun beginnt ein lustiges Stiegensteigen. Martin hat sich vorgenommen, die Stufen zu zählen, doch es gelingt ihm nicht. Schon bei der vierundfünfzigsten Stufe bringt ihn Anita durcheinander. Sie keucht bereits und lässt sich von Martin schieben. Endlich sind sie beim Dach der Basilika angelangt. Jetzt erst bemerken sie, dass sie in einem der Türme emporgestiegen sind. Sie befinden sich an der Außenseite der Kuppel. Die Aussicht auf Lisieux ist noch schöner als vom Park aus. „Schau", ruft Anita, „dort unten ist der Karmel und dort drüben der Friedhof!"

Ja, alle Orte, die sie besucht haben, sieht man von der Kuppel aus. Dann aber geht es durch eine Tür in das Kircheninnere.

Nun staunen die Kinder erst recht. Sie stehen auf einem Gang, der rund um die Kuppel führt. Die Wände glänzen von Gold und herrlichen Farben. „Sind das lauter Gemälde?" staunt Martin. „Nein", erwidert der Vater, „das sind Mosaike. Unzählige kleine Steinchen werden hiebei kunstvoll zu Bildern und Ornamenten zusammengefügt." „Oh, wie wunderbar", sagt Anita, „die ganze Kirche ist ja damit übersät!"

„Was stellen denn die vielen Bilder in der Kuppel dar?" will Martin wissen. „Hier sind die Seligpreisungen dargestellt", erklärt die Mutter.

Nun blicken die Kinder in den Kirchenraum, der tief unter ihnen liegt. Überall das gleiche Bild: eine Komposition aus Gold und Farbe zur Ehre Gottes. Nach diesem kurzen Aufenthalt in luftiger Höhe geht es wieder die Treppen hinab.

Durch ein mächtiges Portal gelangt die Familie zurück in die Kirche.

Dort beginnt nach einer kurzen Stille ein würdiger Festgottesdienst. Die Basilika wird von den kräftigen Messgesängen eines Sängerknabenchores erfüllt. Martin hat noch nie eine heilige Messe so schön gefunden.

Nach dem Segen erhebt sich der Vater und führt seine Familie zum Seitenschiff der Kirche. Auf einem Podest steht ein goldenes, wunderschön verziertes Kästchen. Durch zwei gläserne Wände erblickt man eine in Gold gefasste Reliquie der heiligen Therese. Große und kleine Kerzen leuchten vor diesem Heiligtum und vermitteln eine weihevolle Stimmung.

„Hier ist uns Therese besonders nahe", flüstert der Vater.

Andächtig kniet Martin nieder und betet:

„Liebe heilige Therese!

Danke für die Rosen, die du mir geschenkt hast.
Du hast mich geheilt, du hast mich hierher geführt,
du bist meine Freundin geworden.
Morgen geht es wieder nach Hause.
Bitte begleite mich, schütze mich, segne mich!
Segne meine Eltern, meine Schwester und alle Menschen.

Ich bitte dich, bleibe meine Freundin für immer!"

NACHWORT
der Autorin

Hast auch Du Therese liebgewonnen? Dann hast Du gewiss eine treue Freundin gefunden.

Alles, was Du in diesem Buch über sie gelesen hast, hat sich tatsächlich so zugetragen.

Therese möchte gerne auch Deine unsichtbare Freundin werden. Du musst sie nur darum bitten. Viele Menschen haben es erfahren: Therese ist hier. Alle, die sich von ihr helfen lassen, wird sie zu Jesus führen, denn sie wünscht sich, dass viele so lebendig mit Jesus leben lernen wie sie, um mit ihr sagen zu können:

‚Jesus ist mein bester Freund!'

Bücher von P. Joseph Spillmann SJ

P. Spillmann hat vor etwa 100 Jahren geschrieben, zu einer Zeit in der es weder Radio, Fernsehen, noch Internet gab. Entsprechend hat er sich bemüht nicht nur die Erzählungen wiederzugeben, sondern auch die Beschreibungen der Orte und Landschaften dem Leser einprägsam vor Augen zu stellen. Seine Bücher haben einen historischen Kern und sind oft aus alten Quellen geschöpft. Sind sind sehr spannend und berichten oft über den bewunderswerten Glauben an Jesus Christus, der auch in heroischen und schwierigen Umständen gelebt wurde. Blüte- und Verfolgungszeiten der Christen werden gleichermaßen herangezogen. — Die folgenden Bücher sind bereits in unserem Verlag aufgelegt worden, weitere sind in Vorbereitung.

Liebet eure Feinde. Dies ist das erste Buch der berühmten Reihe „Aus fernen Landen" mit Erzählungen aus den früheren Missionsgebieten. Es handelt über die Situation der Ureinwohner und Einwanderer in Neuseeland im 19. Jahrhundert. Eine irische Familie gerät in die Wirren eines Aufstandes der Stammbevölkerung.
Ab 12 Jahren. - Best.-Nr. 57070 - 6,70 €

Das Fronleichnamsfest der Chiquiten. Das Buch führt zurück in die Zeit der Jesuitenmission des 18. Jahrhunderts in Südamerika. Es ist eine historische Erzählung. In ihr wird die Vertreibung der Missionare aufgrund einer Intrige am spanischen Königshof geschildert wird. – Dabei wird auch festgehalten, welches große Unrecht man den Missionaren angetan hat.
Ab 10 Jahren - Bestell-Nr. 57071 - 6,70 €

Kämpfe und Kronen führt uns nach 1883, in die Hauptstadt des alten Kaiserreiches Annam, das ein Teil des heutigen Vietnam ist. Das Christentum konnte dort Fuß fassen, wurde aber blutig verfolgt. Ein christlicher Page des sterbenden Kaisers ist der Held. Er ist dem Glauben an Christus treu und gerade dadurch weiß er sich dem Dienst beim heidnischen Kaiser, dem rechtmäßigen Herrscher verpflichtet. Viele Schwierigkeiten warten auf ihn. Er wird in den Kerker geworfen und versucht dennoch den Kaiser vor einem Aufstand zu warnen. Schließlich besetzen die Franzosen das Land ...
Ab 12 Jahren - Bestell-Nr. 57072 - 8,- €

Der Bannerherr – Zwei Kurzromane über Glaube und Bekehrung, die der Sammlung „Wolken und Sonnenschein" entnommen sind. – Ein junger Schweizer, der aus Liebe zu einer Frau vor die Entscheidung gestellt wird, ob er sich zum katholischen Glauben oder zur zwinglianischen Reformation bekennt. – Der Haß seines Gegners bringen Martin Lader an den Rand des Ruins, doch er besinnt sich erst, als etwas Furchtbares geschieht.
Ab 12 Jahren - Bestell-Nr. 57073 - 8,- €

Bestellungen an: SJM-Verlag, Nibelungenring 1, D-86356 Neusäß,
Tel.: 0821/34322511, Fax: 34322531, http://sjm-verlag.de